DIE GOLDENEN JAHRE

ALI ESKANDARIAN
DIE GOLDENEN JAHRE

Roman

Deutsch von Robin Detje

BERLIN VERLAG

Ihr Flieger landete gegen sechs Uhr abends und es dauerte ein paar Stunden, bis sie bei uns in der Wohnung waren, aber da sahen die Neuankömmlinge schon wie freie Menschen aus.

»Wie wäre es mit einem Bier, die Herren?«, fragte ich auf Persisch, als ich ihnen mit den Koffern geholfen hatte. Sie setzten sich an den Küchentisch und ich holte uns ein paar Eisgekühlte aus dem Kühlschrank.

»Euer erstes Bier in Amerika!«, rief ich.

Wir tranken ein, zwei und rauchten einen Joint, dann waren sie locker genug und konnten reden. Ich wusste noch ganz genau, wie völlig wirr im Kopf ich vor vielen Jahren bei meiner Ankunft in den Staaten gewesen war. Unsere neuen Freunde waren jetzt hier, und sie würden nicht in den Iran zurückkehren, dafür würden wir sorgen. Diese Leute waren hier, weil sie, wie schon manche vor ihnen, für ihre Kunst ihr Leben riskiert hatten.

»Ihr seid am richtigen Ort«, beruhigte Koli sie. »Jetzt wird es lustig.«

Wir liefen kurz mit ihnen durch unser Viertel in Brooklyn und redeten dabei die ganze Zeit über ihre Reise. Die Nacht war warm und frisch. Die Straßen waren voller Menschen. Ihre Flucht war nicht einfach gewesen, wenn ich alles richtig verstand. Offenbar waren sie alle ins Gefängnis geworfen und dann rechtzeitig zur Ausreise wieder entlassen worden.

»Das ist gut … Gefängnis ist gut. Das macht das Asylverfahren einfacher«, sagte ich auf dem Weg in eine Bar.

Brooklyn

Manchmal erscheinen die Antworten, wenn du am Rand eines großen Canyons stehst, manchmal reicht als Katalysator auch der billige Herrenduft eines Taxifahrers; der Taxifahrer plappert von Mohammed und dessen Prophezeiungen, aber über Mohammeds vierzig Frauen wollen sie nie reden oder darüber, warum wir glauben sollen, dass Gott ihm einen Mittelsmann in die Höhle geschickt hat, der ihm das Alte Testament und die Bibel in die Hand drückt und sagt: »Da hast du, Sonnyboy, jetzt bist du dran, auf sie mit Gebrüll!«

Allison wurde in einem Vulkan auf den Osterinseln geboren, an einen Samstag, als alle gerade Statuen gucken gegangen waren. Sie ist Widder, wie meine liebe *maman*. Es ist Sonntag und Allison macht uns unser Lieblingsfrühstück: gedünsteten Grünkohl mit Knoblauch, Zwiebeln und Pilzen. Dazu Maisgrütze mit Butter und frischen Jalapeños, Veggie-Würstchen und französisches Vollkorn-Sauerteigbrot.

In unserer neuen Wohnung riecht es heimelig. Die Sonne scheint durch die Holzjalousien und aus der Klimaanlage im Fenster bläst es kalt. Im Radio spielen sie Duke Ellington. Ich komme mir vor wie ein ganzer Mann. Mein zweiter Tag der Nüchternheit, und diesmal werde ich nicht rückfällig werden.

»Ich liebe dich, Baby«, sagt sie und lächelt mich aus strahlenden, quicklebendigen blauen Augen an. Ratternd erzittert unter uns die Erde, weil gerade der Expresszug die 4th Avenue rauf- oder runterdonnert. Sie steht am Herd und ich rutsche zu ihr, packe sie von hinten an der Hüfte, ziehe sie an mich und küsse sie in den Nacken. Sie stöhnt entzückt auf und schmilzt kurz dahin, dabei stellt sie den Grünkohl auf kleine Flamme. Ich lasse die Hände an ihr herabgleiten und drücke ihr absichtsvoll den Arsch. Sie rührt die Würstchen um. Ihre ganz kurzen kurzen Hosen betonen ihre langen samtigen Beine. Ich habe Lust, Allison auf die Küchendielen zu legen und von Kopf bis Fuß zu untersuchen, aber der Hunger siegt. Heute sind wir glücklich, wie schon seit ein paar Wochen. Davor hatten wir trübselige Zeiten ohne Sex, ohne Liebemachen. Wenn es in der Liebe stimmt, gibt es nichts Besseres.

Als wir einander begegnet sind, lauerten wir beide in den dunklen Ecken der Nacht, schwammen in den kalten Wassern des New Yorker Singlelebens. Als sie mit einem Mitbewohner von mir und ein paar anderen Leuten hereinkam, war ich sofort in sie verknallt. Ziemlich schnell artete alles zur Party aus. Ich musste sie haben, aber ich musste auch aufpassen. Man spannt einem Mitbewohner/Freund nicht einfach das Mädchen aus, so ganz ohne Takt und Eiertanz. Eine Stunde nach dieser ersten Begegnung waren wir beide zugekokst und am Saufen. Sie setzte sich einfach hin, fragte, ob sie die Musik übernehmen könne, und legte genau die richtigen Stücke auf.

»Weißt du, wer das ist?«, fragte sie mich schlitzohrig.

»Klar, das sind die 13th Floor Elevators. Super Wahl«, antwortete ich.

»Was willst du hören?«

»Was du willst.«

Wir teilten uns eine Zigarette, ließen sie hin- und hergehen, als würden wir uns schon ewig kennen. Blieben bis lange nach Sonnenaufgang wach. Irgendwann ging sie zusammen mit meinem Freund nach Hause und ich musste eine Zeit lang warten, bis ich sie wiedersah.

#

Von dem Loft, in dem ich damals wohnte, waren alle schwer beeindruckt; nicht dass ich dort allein gewohnt hätte oder dass ein paar Leute, die sich in Brooklyn ein Loft teilten, etwas Ungewöhnliches gewesen wären, aber dieser Ort war etwas Besonderes. Schon die Lage in Williamsburg war sehr begehrt. Lange hatte ich versucht, mich von Williamsburg fernzuhalten, aber nach kurzem Exil in Texas ging gerade irgendwie nichts anderes, als in diesem Loft zu wohnen, mit fünf oder sechs anderen und massig Leuten, die rund um die Uhr kamen und gingen. Das Loft war in dem einzigen älteren Haus, das in diesem Teil des Viertels noch stand. Trotzig hielt es inmitten der toten glitzernden neuen Ekelarchitektur aus, wie ein Schiffsriese, der auf die anrückenden Abwrackcrews wartet.

Man musste vier Stockwerke hoch, durch ein riesiges Treppenhaus, das einem nachts unheimlich vorkommen konnte, selbst uns Bewohnern, weil ein paar Etagen leer standen. Im vierten Stock öffnete sich ein schweres Eisengatter auf einen langen Flur mit drei Loftwohnungen auf jeder Seite, mal größer, mal kleiner, aber alle groß genug für mehr als vier Bewohner gleichzeitig. Unsere war die größte. Schon aus den Fenstern war der Ausblick atemberaubend, aber dazu kam man durchs Badezimmerfenster auch noch auf ein Dach in Fußballfeldgröße, von dem aus man das ganze Panorama der Stadt vor sich hatte, unter einem fünfzehn Meter hohen Wasserspeicher und einem fünfundzwanzig Meter hohen Schornstein, die man beide von Manhattan aus sehen konnte, wenn man nach ihnen Ausschau hielt. Die Rohrleitungen waren ziemlich hinüber, das Warmwasser wurde nie warm, wenn man sich einen Kaffee kochen wollte, sah man eine Maus über die Herdplatten hüpfen. Wenn man den Toaster einschaltete, war oft im ganzen Haus der Strom weg, und wenn die Nachbarn oben auf und ab gingen, rieselte uns der Putz auf die Köpfe. Richtig sauberhalten ließ sich die Wohnung nicht.

Bei meinem ersten Besuch wusste ich sofort, dass ich hier eine Zeit lang wohnen musste, um mein Leben wieder geregelt zu kriegen. Der Ort war ein klasse Versteck, und ich war ja auch so etwas wie ein Flüchtling, der einen Neuanfang brauchte. Keine Adresse, kein Telefon, keine Verbindung zu den Menschen aus meiner Vergangenheit, und meine neuen Mitbewohner, alles Neuankömmlinge aus dem Iran, Rockmusiker, die es nach draußen geschafft hatten, kannte ich kaum. Aber sie kannten mich, sie hatten mich daheim in Teheran im Fernsehen gesehen, auf dem Sender Voice of America, den man illegal über Satellit empfangen kann.

Diese Typen waren viel jünger als ich, aber das war kein Problem, ich kam mir nicht sehr alt vor. Im Gegenteil, ich fühlte mich lebendiger denn je, und im folgenden Jahr würden wir wilde Zeiten ohne Ende erleben. Sie gaben mir ein Sofa zum Schlafen, es war Hochsommer, sehr heiß. Ich besaß ein paar T-Shirts, zwei Paar Jeans, drei Paar Socken und meine geliebten schwarzen Lederstiefel. Hatte kaum Geld und keine Jobangebote. Ich war glücklich. Diese Kids waren nett zu mir, und bald würde ich mich dafür erkenntlich zeigen können. Erste Geschäftshandlung war, mit ihnen auf eine zweimonatige Tournee durchs ganze Land zu gehen, als Vorgruppe. Ich sollte dreizehn Dollar am Tag zum

Leben bekommen, ein karger Tagessatz, wie man es auch dreht und wendet.

Im Jahr davor, während meines selbst auferlegten Exils, fern von New York, hatte ich eine Art Wandlung durchgemacht. Ich war als Mensch nicht mehr heil oder heilig gewesen, hatte betteln und mir alles zusammenkratzen müssen. Meine Musikerkarriere und meine Beziehung mit meiner festen Freundin hatten damals ein unvermitteltes und hitziges Ende gefunden, und plötzlich war ich wieder in Dallas gewesen, hatte bei meinen Eltern gewohnt und als Kellner in einem Frühstückslokal gejobbt.

Ein paar Monate, bevor alles den Bach runterging, saß ich noch ganz auf Wolke sieben. Der Anfang vom Ende war eine kleine England-Tournee gewesen, als Vorgruppe eines legendären alten Sängers, während an den letzten Vorbereitungen für ein neues Album bei meinem Label gefeilt wurde, und ich gehörte zu so einer Art Supergroup, dabei hing schon dicker Verwesungsgeruch in der Luft. Der Traum war ganz klar und schön gewesen, was den Absturz umso schmerzhafter machte. Man hätte viele Lügen schlucken müssen, um die Scharade fortzuführen. Die ganze Sache war faul bis ins Mark. Ich hatte nicht das Zeug für die große Karriere.

Vielleicht lag es auch an den Drogen und den Visionen. Vor Jahren hatte ich mit psychedelischen Halluzinationen an einem großen Fluss gesessen. Er floss so mächtig vorüber wie der alte Tigris oder der Nil, und sein Name war »Fluss der künstlerischen Schöpferkraft«. Mir wurde klar, dass man nur am Ufer dieses großen Flusses sitzen konnte, einen Fuß hineintauchen, darin schwimmen, zu ihm beten, Menschen an seine Ufer führen, dass man ihn aber nie besitzen, nie aufstauen oder verschmutzen durfte. Man musste ihn um jeden Preis schützen. Zumindest musste er, wie der große Ganges, ein geheiligter Ort bleiben, denn alle mächtigen Flüsse spielen im Kreislauf des Lebens eine hochwichtige Rolle. Sie verbinden alles. Sie tragen dich. Sie sind im Universum ein Symbol für Unbeständigkeit, dafür, dass alles immer im Fluss ist, für die höchste Form der Freiheit.

#

Dann, im Loft, war ich klug genug, die Philosophie eine Weile für mich zu behalten und mit dem Strom zu schwimmen. Wir gingen auf Tour, einfach war es nicht, aber ich fand es schön, wieder etwas vom Land zu sehen. Mit der Rückkehr nach New York war es mit meinem Tagegeld vorbei, und in den ersten drei Tagen aß ich nicht viel. Hatte ich dieses Leben wirklich schon hinter mir? Wahrscheinlich nicht, Ausgeglichenheit ist schwer zu haben.

Manhattan

»Ich werde ganz ruhig und langsam reden, damit du alles verstehst, was ich sagen will«, denke ich mir, als ich zu Mana aufsehe. Sie sitzt mir am Tisch gegenüber und blickt mir direkt in die Augen. Ihre Minestrone ist heiß und der Dampf steigt ihr ins Gesicht. Sie sitzt mit dem Rücken zum Fenster. Ich will gerade etwas sagen, aber bevor ich den Mund aufbekomme, kommt eine Harley Davidson mit orangefarbenem Benzintank an den Bordstein gedonnert, rüttelt mir das Hirn durch und wirbelt meine Gedanken durcheinander. Ich gucke dem Fahrer zu, wie er den Motor abdreht und absteigt.

»Und?«, fragt Mana nach. »Was wolltest du gerade sagen ...?«

»Ach, eigentlich nichts. Klar, ein paar gab es schon. Na und? Nichts Besonderes, da gibt es eigentlich nichts zu erzählen.«

Mana hatte am Morgen angerufen, ganz unerwartet, und wollte mit mir lunchen gehen. Ich sei pleite, hatte ich ihr gesagt, und sähe aus wie ein Schlafwandler. Sie sagte, ich solle duschen und mir um das Geld keine Sorgen machen. Ich freute mich und konnte ein vertrautes Gesicht gut gebrauchen.

Als ich am Union Square ankam, saß sie schon auf einer Stufe an einem der U-Bahn-Eingänge mit ihren blauen Kuppeln, und ihre großen braunen Augen leuchteten beglückt. Wir hatten uns immer hier verabredet, von Anfang an. Wir spazierten in der Kälte Richtung Süden und rauchten ihre Camel-Importzigaretten, dann suchten wir uns einen gemütlichen Laden zum Essen.

»Erzähl schon«, sagt sie.

Ich fange an, meine Spaghetti dampfen, und der Duft nach Kapern und grünen Oliven versetzt mich zurück in die Zeit, als mein Vater Mitbesitzer eines italienischen Restaurants in Dallas war, des Sweet Basil Italian Ristorante an der Südostecke der Kreuzung Trinity Mills Lane und Midway Road.

»Wir können ja was trinken«, platze ich plötzlich heraus.

»Ich dachte, du willst noch warten«, sagt sie mit diesem süßen mütterlichen Unterton.

»Ich brauche was, damit mein Herz nicht mehr so rast«, antworte ich und versuche dem Kellner zu winken.

»Und? Was war jetzt mit diesen Frauen?«, sagt Mana.

Ich versuche, die Polarität des Ganzen zu erklären, so gut ich kann, und wie ungeeignet ich dafür war, auf der Fleischpiste herumzukrauchen, diesem monströsen gottverlassenen Korridor zwischen East River und Brooklyn-Queens-Expressway, voller moderner Unabhängigkeitskämpfer und Nymphen mit halbsynthetischen Seelen, Armen, Beinen, Mösen, Schwänzen und lutschbereiten Mündern, mit zinngepanzerten Herzen, die Nervengifte ausspien; Tausende Schwänze und Mösen im Wiegeschritt zu den Melodien von damals und heute, alles voller Körpersäfte, Schleim, Müll, Ratten, Pisse und Kotze, klebrig und geheimnislos.

Sie hört zu, isst ihre Suppe und ich merke, wie viel besser es ihr geht als nach unserer Trennung vor achtzehn Monaten. Noch nicht wieder richtig gut, aber so gut, dass sie es erträgt, wenn ich von anderen Frauen erzähle. Als sie an der Reihe ist, berichtet sie sofort von ihren gescheiterten Versuchen mit einem guten Typen. »Ganz normal«, in ihren Worten. Irisch-italienische Abstammung, ein alter Schulfreund aus der Zeit an der Brooklyn Tech, Deserteur, arbeitsloser Tankwagenfahrer, der bei seinen Eltern in der Upper West Side wohnt, schwerer Trinker, Kettenraucher … so weit, so gut.

Sie hatten sich auf einer Beerdigung wiedergetroffen, hingen zusammen ab, eines Nachts war sie auf seinem Bett eingeschlafen, und als sie gegen sieben Uhr morgens wieder wach wurde, war er im Wohnzimmer mit zwei Männerfreunden am Koksen. Eigentlich hatte er ihr geschworen, dass er keine Drogen nahm.

»Du bist wenigstens Musiker, aber er ist einfach ein arbeitsloser Trucker. Er hat eine nackte Frau im Bett liegen und kokst die ganze Nacht mit zwei Männern durch?« Vielleicht hat er damals keinen hochgekriegt, denke ich. Noch ein bisschen Märchenstunde, dann braucht sie auch was zu trinken und bestellt eine Bloody Mary. Ich bestelle ein Bier. Nach ein paar Schlucken rast mein Herz nicht mehr so. Ich strecke meine Hand aus, um zu sehen, ob das Zittern aufgehört hat, und das hat es.

Nach einer Weile ist alles aufgegessen und ausgetrunken, sie zahlt und wir treten in die beißende Kälte hinaus. Ich bin am Erfrieren. Noch ein paar Straßen, dann kommt der hypothermische Schock, ganz bestimmt.

»Es ist nicht mehr weit bis zur U-Bahn, komm schon!«, drängt sie mich.

Wir gehen schneller, laufen die Treppe hinunter, springen in den Waggon, suchen uns einen Platz und kuscheln uns aneinander. Wir fahren zu ihr, in unsere alte Wohnung, wo alles kaputtgegangen war. Wo wir verzweifelt versucht hatten, uns an die letzten Reste der Liebe zu klammern, die es zwischen uns noch gab und die schließlich verreckt war, an einem finsteren, kühlen Oktobermorgen.

An der 86th Street steigen Mana und ich in den Bus durch den Park zur York Avenue um, dort gehen wir nach Süden. Sie besorgt ein Sixpack in einem Deli, ich warte draußen und rauche. Ich war lange nicht mehr in der Upper East Side gewesen, aber es macht mir nichts aus, wieder im alten Viertel zu sein. Wo sie aufgewachsen ist, wo ich mich in sie verliebt hatte, ein junges Mädchen von einundzwanzig Jahren frisch vom College, das bei ihren Eltern wohnt, lebhaft und verwirrt, liebeskrank und auf der Suche nach einem erfüllteren Leben. Wo ich ihr in die Augen sah und ihr meine Gefühle und Absichten gestand. Wo wir ihrer Familie von uns erzählten, endlos oft zum Mittag- und Abendessen waren, mit ihrem Neffen und ihrer Nichte spielten. Wo ihre Mutter und Schwester nebenan eine Kindertagesstätte leiteten. Die Schwester und der Schwiegersohn wohnten dort, bis sie sich schließlich in der Nähe eine eigene Wohnung kauften. Wo wir in einem Anfall von Verzweiflung beschlossen, unsere Wohnung in Park Slope, Brooklyn, aufzugeben, die mit dem Blick auf die Grabsteine, Obelisken und Mausoleen des Greenwood-Friedhofes, und bei ihnen einzogen, weil es billig war und ich kein Geld verdiente.

Hier, in dieser reizenden Wohnung mit ihrem herrlichen Hinterhofgarten, ging unsere Liebe in die Brüche. In der Endphase häuften sich dort die stürmischen Zusammenstöße, und dann zerstob die ganze Scharade fast wie nach Plan zu interplanetarischem Staub und die Trümmer wurden in alle Himmelsrichtungen in unsere kollektive Zukunft geblasen.

Der Schlüssel dreht sich im Schloss, die Tür öffnet sich, Madam und Monsieur treten ein. Drinnen ist es düster und es riecht nach Vergangenheit, tiefer finsterer Vergangenheit, eingefrorener Vergangenheit, eingeschrieben in Zellen und Atome, eine Vergangenheit, aus der es kein Entrinnen gibt, voller Dramen, Magie, Leid, Verlust, Glück, Sex, heimlichen Sehnsüchten, Zehennägeln, Hautcreme, Badeschaum, Kontaktlinsen, Zigaretten, Lachen, kindischen Spielchen, Onanie, Fastfood, Fernsehen, toten verwesenden stinkenden Mäusen, Schmerz, Schmerz und Liebe, unsterblicher und ewiger Liebe. Sie lässt sich Zeit beim Stiefelausziehen, dann geht sie zum Lichtschalter und beleuchtet das Schlachtfeld von einst.

Ich spaziere durch die alte Wohnung. Es hat sich nicht viel verändert. Sie geht aufs Klo. Ich sehe mir die alten Bücher im Regal an, jedes mit einer Zeit und einem Ort verbunden. Jeder Buchtitel steht für eine ganz bestimmte Erinnerung, zum Beispiel an gemeinsames Lesen im Bett oder allein auf dem Nachhauseweg in der U-Bahn oder daran, wie ich das Buch weglege, um sie an der Tür in Empfang zu nehmen, sie zu umarmen und leidenschaftlich zu küssen, ihr die Stiefel auszuziehen, die Beine zu massieren und sie eine Weile im Arm zu halten. Dann kommt sie herein und fragt, ob ich ein Bier will.

Wir nehmen das Bier mit in ihr Zimmer. Sie setzt sich auf den Fußboden und ich sehe mir ihre Bilder und Zeichnungen an, die auf einem Tisch ausgebreitet liegen. Nach unserer Trennung hat sie mit Malen und Zeichnen angefangen und sie ist gar nicht schlecht, aber blöderweise verschenkt sie das meiste unsigniert. Ich tätschele die Möbel wie zur Begrüßung. Da bist du ja wieder, Schublade, hallo Schrank, hallo Tisch, hallo Stuhl.

Ich setze mich neben sie auf den Fußboden und fahre mit den Fingern das Boteh-Muster auf dem alten Perserteppich ab. Schönes Gefühl, aber ich sitze nicht gern auf dem Fußboden, mein Arsch ist so knochig. Es dauert nicht lange, da reden wir über »uns«, die Vergangenheit, das Verlassenwerden, unsere besten Jahre haben wir hingegeben, warum, wo, wann? Es wird heftig, bleibt aber im Rahmen. Ich bin ihr noch immer böse, dass sie mich nicht angehimmelt hat, mir nicht genug das Gefühl gegeben hat, ein richtiger Mann zu sein, sich nach einem tollen Fick nicht an mich geklammert hat, der Sorte Fick, die andere Frauen dahinschmelzen lässt, ihr aber kaum ein Lächeln entlocken konnte. Mana sagt, das sei ihr jetzt klar, heute wisse sie, wie schön es war.

»Das soll jetzt kein Geständnis sein«, sage ich, »aber ab und zu muss ein Mann sich ein paar Sachen beweisen, und, na ja …« Sie weiß Bescheid. Sie weiß alles.

Die Zeit vergeht, und wir liegen da und trinken und hören Miles Davis, erst *Sketches of Spain*, dann *Kind of Blue*, dann *E.S.P.* Nach einer Weile werden wir schlapp und beschließen, beim Vietnamesen Essen zu bestellen. Sie zieht mich aufs Bett und legt sich neben mich. Im nächsten Augenblick halten wir uns fest umklammert. Es passt. Unglaublich. Ich wische ihr die langen schwarzen Haare aus dem Gesicht und streichele ihr mit dem Handrücken sanft die Wange, dann lege ich ihr die Hand auf den Hinterkopf und ziehe sie an mich. Sie stützt sich auf und küsst mich auf den Mund. Ich streichele ihr erst den Rücken, dann die Beine.

»Gott, wie klein du bist«, sage ich.

»Du bist klein! Wo bist du denn? Du bist so dünn. Haut und Knochen«, sagt sie und klopft mir auf die Hüfte.

Sie küsst mich wieder, diesmal leidenschaftlicher.

»Komm … gleich ist das Essen da«, bettele ich.

»Ich habe eben erst bestellt.«

»Diese Chinesen sind schnell. Deshalb gehört ihnen die Welt, Baby«, scherze ich in altväterlichem Ton.

»Das sind Vietnamesen.«

»Die Charlies sind noch schneller. Damals, als wir im Dschungel in der Scheiße saßen …«

»Komm schon … küss mich …«

»Damals in Nam … da haben wir dauernd Vietnamesisch bestellt.«

»Küss mich.«

»Ich krieg das einfach nicht aus dem Kopf … Die verdammten Vietcong!«

Es klingelt an der Tür. »Siehst du?«, sagte ich.

»Mein Gott, wie kriegen die das so schnell fertig?«

»Die übernehmen die ganze Welt, habe ich doch gesagt!«

Sie ging das Essen bezahlen und blieb kurz in der Küche, stellte alles auf ein Tablett und holte noch Bier.

Ich dachte wieder über meinen großen Plan nach: wie ich alles hinter mir lassen und in den Süden gehen wollte, in den tiefen Süden, das Amerika hinter dem Äquator. Ich wälzte die Idee jetzt schon eine ganze Weile in meinem Hirn und Endoskelett. Ich wurde sie einfach nicht los. Ich musste Geld sparen und dann ab in die Freiheit. Eine Überfahrt mit dem Schiff an einen Ort wie Buenos Aires buchen, das Schiffshorn hören und eine Runde in See stechen. Die Taue kappen und sich losreißen, die Vergangenheit von sich abspülen, sich reinwaschen, erlösen, alles hinter sich lassen, abreißen, neu aufbauen. In stillem Bemühen wollte ich über die ganze Erde streifen.

Mana kam mit dem Tablett zurück, und ich schloss meine Gedanken so rasch wieder weg, wie ich sie aus dem Käfig gelassen hatte. Es hatte keinen Sinn, sich im Kreis zu drehen. Es gab noch viele offene Fragen.

»Können wir vor der Glotze essen? Ich habe so lange nicht mehr ferngesehen«, bat ich.

»Klar, wenn du willst«, sagte sie.

Wir saßen auf dem Fußboden, aßen und sahen fern. Als wir fertig waren, räumte sie alles weg, wir glotzten noch ein bisschen, dann gingen wir zu Bett. Wir hielten einander nur in den Armen, mehr nicht, und das war mir ganz recht.

#

Prädynastisches Ägypten, Keilschrifttafeln, niedere Achämeniden, Josephine tanzt vor einer großen Menschenmenge wie Esmeralda auf einem Podest. Sie sieht mich in der Meute stehen. Unsere Blicke treffen sich. Sie hört auf zu tanzen und sieht ängstlich aus. Sie fängt an zu schreien, aber tonlos. Sie streckt die Arme nach mir aus, die Handflächen nach oben gewendet. Ganz plötzlich hält sie ein Neugeborenes; sie sind noch über die Nabelschnur miteinander verbunden, alles ist voller Blut, eine Riesensauerei. Das Baby atmet nicht. Es ist tot.

Der Handywecker reißt mich aus dem Schlaf. Ich schalte ihn aus. Mana schläft fest. Ich wasche mir im Bad das Gesicht und betrachte es kurz mit durchtriebener Zufriedenheit im Spiegel. »Nicht schlecht, nicht schlecht«, sage ich laut und spiele Dustin Hoffman als »Ratso« Rizzo in *Asphalt-Cowboy*. »Schön bist du, Baby … richtig schön. Kannst du nicht versuchen, dich selbst zu lieben? Kannst du das nicht für mich tun?«, fahre ich fort. »Du hättest in L.A. bleiben und dich richtig reinhängen sollen, du Idiot. Ein Star hättest du werden können, ein Star, sag ich dir … nee … Scheiß auf L.A.«

Ich wecke Mana zum Abschied nicht auf, stehe aber kurz da und betrachte ihren schlummernden Leib. In was für Träume sie sich auch verstrickt haben mag, sie wird es beim Aufwachen nicht mehr wissen, denn sie ist wie ausgezählt. Kein einziges Mal hat sie sich in den sechs Jahren unserer Beziehung an einen ihrer Träume erinnert. Im Schlaf erlischt sie und gibt sich jener fernen Endgültigkeit hin, enthebt sich der Sphäre des Bewusstseins ganz und gar, ist nicht mehr von dieser Welt und auch nicht von jener anderen. Schön für sie! Für mich gehören die Träume zu meinen Erinnerungen und begleiten mich in meinem Leben als wacher Mensch. Wir sind einander vermählt, verbunden, verbündet, wir sind Alliierte, meine Träume und ich. Volltönende Träume sind es, von schäbigen kleinen Erlebnissen zumeist, manchmal melodisch, oft aber auch misstönend, voller tonaler Modulationen und dämonischer Visionen, teuflisch und schuldbeladen.

Ich gehe hinaus und wappne mich gegen die bittere Kälte. Was war das nur für ein Winter! In diesem Jahr sind alle Schneerekorde gebrochen worden. Ich beschleunige meine Schritte und erinnere ich an meinen Traum von vorhin. Ich frage mich, was Josephine so treibt. Sie denkt bestimmt an mich. Schon zum dritten Mal in dieser Woche ist sie mir in einem Traum erschienen. Ob sie hier in New York ist? Ob sie wohl diesen reichen Araber aus den Emiraten geheiratet hat? Hat er ihr das Apartment an der Avenue Montaigne in Paris geschenkt oder hat er sie mit nach Dubai genommen?

Ich versuchte, Josephine zu vergessen und mich auf meine Magenbedürfnisse zu konzentrieren. Das Wichtigste zuerst. Kaffee, aber nicht den teuren, den ich so liebe. Nein, wir halten uns an Billigware. Warum hatte ich Mana nicht gebeten, mir etwas Geld zu leihen? Ich war wieder mal pleite. Wie sollte ich über den Monat kommen? Das Wichtigste zuerst, Kaffee, dann nach Hause und ein bisschen was kiffen, dann Carter anrufen und ihn um meinen alten Job anbetteln. Wieder Nachtschicht. Wieder die ganze Nacht in diesem glitzernden Büroturm verschimmeln.

Der erste Schluck Kaffee zauberte mir ein Lächeln ins Gesicht, und dann liebäugelten auf dem U-Bahnsteig ein paar Frauen mit mir, was bei mir auch einen positiven Eindruck hinterließ. Scheiß drauf, dachte ich mir. Was soll denn bitteschön das Problem sein? Gar nichts. Musstest du etwa hungern? Leidest du an einer unheilbaren Krankheit? Alles nur

Geld. Probleme? Was für Probleme? Ein Fuß vor den anderen, Ali, Schritt für Schritt für Schritt. Eins zwei drei vier, zwei zwei drei vier. Was du jetzt brauchst, ist eine heiße Dusche und ein dicker fetter Joint. Ein paar Stunden Musik machen, und hastdunichtgesehen ist es Abend.

Brooklyn

Auf meiner Wanderung hinunter zur Williamsburg Bridge bekam ich einen Anruf von Michael. Ich war ihm vor ein paar Wochen auf einer öden Party voller Juppiebolzen begegnet. Eine dieser Partys, auf die ich gehe, wenn alte Freunde mich mal wieder sehen wollen, weil ich weiß, dass es endlos Alk für lau gibt, um mich bei Laune zu halten. Meine Freundin Lexi hatte mich eingeladen, eine alte Freundin aus meinen Theatertagen in Dallas, klasse Frau, hübsche Grübchen, wohlgeformte Schenkel, Spätentwicklerin. Von den Wänden hallte dumpfes Gelaber wider.

Michael stellte sich mir vor und sagte, er sei Maler, komme gerade von einer Einzelausstellung in Berlin zurück, reiche Eltern, nach dem bisschen, was ich aufschnappte, Sommer in Südfrankreich, Winter in den Schweizer Alpen und so weiter. Er mochte mich, vielleicht weil ich so scheiße drauf war. Manchmal finden Leute mein besoffenes, griesgrämiges Rumgeätze lustig, besonders die ganz oben, die sonst den ganzen Tag lang die Füße geküsst bekommen. Jedenfalls sagte er, Lexi habe ihm von mir erzählt und er habe gehört, ich sei ein irre toller Sänger und was nicht alles. Ich glaube, er ist bi, was ich ja okay finde, solange er nicht glaubt, er könne ihn mir hinten reinschieben. Er ist reich und ich brauche was zu fressen. Ein echter Glücksfall.

Ich melde mich beim Pförtner an und nehme den Fahrstuhl rauf zu Michael. Er wohnt in einem dieser brandneuen Hochhäuser am Hudson. Diese Dinger finde ich zum Kotzen. Würde ich nicht mal geschenkt nehmen. Die Tür geht auf und ich werde von einer großen, perfekt gekleideten Frau empfangen, die in ihr Handy spricht.

»So ein Desaster wollen wir ja alle nicht nochmal erleben. Um unbeliebt geht es hier, meine Liebe … warum sollte er das tun? Das ist doch kein Grund … Na, dann versuchen wir eben, bei allen … Er muss einfach den richtigen Vorschuss kriegen … und … und … die PR muss top sein. Alles andere ist nicht unser Problem …«, sagt sie.

Ich laufe der Frau durch die große Wohnung hinterher, alles ultrahip eingerichtet, die Wände voller moderner Kunst. Im Wohnzimmer macht Michael Fotos von zwei jungen Frauen, die kaum was anhaben. Ein Sommerabend bei den alten Griechen vielleicht oder »Ophirs Kinder bringen Salomo das Gold«, das wird nicht ganz klar. Die Mädchen sind hübsch, Typ Model, statuenhafte Schönheiten in lila gefärbten Umhängen. Michael hört kurz mit dem Fotografieren auf und begrüßt mich.

»Hallo, alter Freund, wie geht's? Barbara hast du schon kennengelernt?«, sagt er mit einer Handbewegung zur Telefondame.

»Hallo, nein, habe ich nicht. Hallo, Barbara«, sage ich, aber Barbara ist ganz in ihr Gespräch vertieft.

»Na, wie findest du das? Nett, oder?«, sagt er mit einem Nicken in Richtung der Mädchen, die Kamera fest in der Hand.

»Mhmm … hallo«, sage ich zu den Mädchen, die aber nicht aus der Rolle fallen. Die meinen es ernst, diese beiden, aus denen wird noch was im Modelwesen.

»Na, fühl dich wie zu Hause, nimm dir was zu trinken, ein Bier, was du willst – ich weiß, du trinkst gerne, also nimm dir, was du willst, mach, was du willst. Wir sind hier gleich fertig, dann können wir lunchen gehen.«

»Okay, danke, mach ich.« Ich gehe in die Küche, mach den Kühlschrank auf, da ist alles vom Feinsten, und ich suche mir ein schönes tschechisches Bier aus.

Kurz darauf sitzen wir alle an einem reich gedeckten Tisch. Michael erzählt, wie er Warhol kennengelernt hat. Ist mir egal, ob es stimmt und was er da redet.

»Nein, richtig gekannt habe ich ihn nicht, ich war noch ein Kind. Das muss kurz vor seinem Tod gewesen sein, erzähle ich sonst nie ... wenn er sonst bei uns war, war ich wohl immer gerade nicht zu Hause oder so. Jedenfalls, ich habe bloß gesagt: Mami, mit den Haaren von dem Mann stimmt was nicht, die finde ich toll, und sie hat das so weggelacht, na ja.«

»Was hat er gesagt?«, will eines der Models wissen.

»So was wie: Also wirklich, Elaine, eine Nervensäge, dein Junge, aber sehr hübsches Gesicht, oder so. Na ja, das war's schon«, sagt Michael, dessen Stimme mit jedem Schluck weibischer wird. Er dreht die Musik ganz auf, nach ein paar Takten weiß ich Bescheid, ausgerechnet Ravels »Bolero«. Er spielt Fangen mit einem der Mädchen. Sie verschwinden, kommen ein paar Minuten später mit einer großen Truhe wieder, machen sie auf und probieren alle möglichen Kostüme an. Barbara hängt noch immer am Telefon und ignoriert das Ganze völlig. Ich sitze auf einem Sofa, trinke, und das andere Model labert mich schnellfeuermäßig zu. Wir haben uns über das Koks hergemacht, das Michael uns auf den Couchtisch gestellt hat.

»In Milano hatte sie es richtig lustig, ein paar Tage durchgefeiert. He! Aufpassen, ihr zwei, das ist mein Lieblingskleid. Gott, sind die ein hübsches Paar, was? Und wenn sie ihm erst die Peitsche und die Ketten zeigt, dem armen Schwein. Sie steht auf Schmerzen, weißt du, aktiv und passiv. Weißt du, was ich meine? Mir hat sie neulich auch ein paar Tricks beigebracht, für Anfänger. Reiche Männer auspeitschen, davon kann man ziemlich gut leben, weißt du? Nicht dass wir das machen würden. Was ich nicht verstehe, ist dieses Ball-Stomping-Ding. Wo ist da der Witz? Mal nett den Hintern versohlen oder auspeitschen, das ist ja schön und gut, aber mit High Heels an die Eier?«

So geht das immer weiter und ich versuche verzweifelt mich an ihren Namen zu erinnern. Ich beschließe, sie Waste Land Eyes zu nennen. Wüstenauge. Sie hat einen ganz weichen Teint, erinnert mich an Gene Tierney, als sie jung war, ihre Stimme ist sardonisch, trocken und monoton, ihre rote Zinnoberseele gruselt mich. Ich habe keine Lust, hier den ganzen Abend zuzugucken, wie diese Idioten mir ihr Lebensdesign vorspielen.

Das Model plappert weiter und ich verwandle meinen Blick in eine Kamera und hole mir die Einzelteile ihres Körpers vor den Sucher. Schön ist sie, das kann man nicht anders sagen. Meine Kamera stellt ihre Lippen scharf, fährt an ihrem Hals herab, vorbei an den kleinen wohlgeformten Brüsten, folgt den Konturen ihres Beins vom Schenkel bis hinunter zum Fuß ans Dekolleté der Zehen, dann wieder aufwärts, ihr unter den Rock, zieht sie aus und stößt sie ohne Worte. Plötzlich füllt ihre nackte Körpermitte das Bild, sie hält eine angezündete Zigarette in der Hand, der Rauch kräuselt sich, das dunkle Haar fällt ihr auf den Rücken, ihre zwinkernden Wüstenaugen starren unberührt geradeaus, sie geht zu einer Wand, hebt langsam die Arme und legt beide Hände an die Wand, wendet den Kopf, zieht einen Kussmund. Mein Film ist alle und die Kamera bleibt stehen.

Im Bad komme ich wieder zu mir, ich spritze mir Wasser ins Gesicht und beschließe, mich so schnell wie möglich zu verdrücken. Als ich aus dem Bad komme, wartet Wüstenauge schon auf mich, schnappt sich meine Hand und zieht mich in ein Zimmer, stellt mich in der Mitte ab, lässt meine Hand los, geht an die Tür, schließt sie und kommt langsam auf mich zu. Sie steht vor mir, nimmt wortlos meine Hand und schiebt sie an ihrem Bein hoch unter ihren Rock an ihre geschwollene Mitte. Sie ist ganz nackt dort unten und so heiß, dass ich mir die Finger verbrenne. Ich bewege sie langsam, Wüstenauge packt meinen Bizeps und vergräbt ihre dunkelrot lackierten Fingernägel darin. Der Schmerz macht mich wütend, ich stoße einen Finger tief in sie hinein. Sie stöhnt diabolisch auf, packt mich zwischen den Beinen und quetscht mir ein hartes Ächzen ab.

»Was denn? Schon zu viel für dich?«, sagt sie, und auf ihr Gesicht legt sich ein teuflisches Lächeln. Ich sage kein Wort, wenn jetzt diese Einstellung dran ist, dann ist das eben so. Wenn die Szene Brutalsex mit einer Fremden in einer fremdelnden Nacht erfordert, habe ich keine Wahl, oder? Aber irgendetwas an der Sache kommt mir komisch vor und ich bin nicht ganz da. Das fällt ihr auf und sie verpasst mir eine schallende Ohrfeige. Gewalt ist nicht mein Ding. Ich löse mich von ihr und gehe zur Tür.

»Wie bitte?«, sagt sie außer Atem mit noch halb verzogenem Mund. »Was soll das denn jetzt?«

»So was mach ich nicht.«

»Wie bitte? Du warst voll dabei!«, sagt sie wütend.

»Ja und nein.«

»Scheiße, soll das ein Witz sein? Spinnst du? Weißt du, wie viele Männer alles geben würden, um machen zu dürfen, was du gerade machst, du Arschloch?«

»Ja, ich weiß. Ganz schön viele. Die meisten wahrscheinlich. Sorry, ich kann das nicht durchziehen.«

»Du Wichser! Leck mich doch!«, kreischt sie. Ich mache mich aus dem Zimmer, so schnell es geht, trabe durch die Wohnung, aus der Tür, die Treppe hinunter und auf die Straße. Ich will diese Leute wirklich nie wiedersehen, und mit etwas Glück werde ich das auch nicht müssen. Nicht meine Szene.

Die Straßen brummen von einer elektrischen Vorspannung, die sich jederzeit in einem Lichtbogen entladen könnte. Ich bewege mich durch ein Vektorfeld aus Menschen und sehe alles in Schattierungen von Nickel-Antimon-Titangelb. Auf ewig bin ich ein Teil der degenerierten Menschheit, nicht besser und nicht schlechter als alle anderen auch, und schreite mit vollem Magen und vollem Kopf durch New York City. Weder der erste tumbe Tor noch der letzte, da können wir uns alle sicher sein.

An die einfachen Dinge muss man sich vor allem erinnern, die kleinen Dinge für das Hier und Jetzt, die kleinen Worte, die minimalen Verschiebungen in Tonfall und Höhe, Veränderungen von Luftdruck und Tonhöhe, was die Blicke verraten, was der Mund nicht verrät. Gesammelte Erinnerungen, die man in den nächsten Tag, das nächste Leben tragen muss, Codes deines vergangenen Selbst für dein zukünftiges Selbst, das Selbst der Gegenwart wird jagen und sammeln gehen müssen, Ackerbau und Viehzucht betreiben, sich verbiegen, schöpfen, betteln, flehen, kämpfen, Leute vergrätzen und so weiter, ad infinitum.

#

Ich öffne die Tür zum Loft und trete ein. Es ist still. In meinem Bett schläft jemand und hat die Decke über seinen oder ihren Kopf gezogen. Mein Bett steht mitten im Loft und ist für Besucher leicht zugänglich. Siamak hat mir das Gestell zum Geburtstag gezimmert. Ich sehe nach, wer da schläft. Wieder Dari. Das Arschloch hängt in letzter Zeit viel in meinem Bett rum. Ein Schnorrer erster Güte, obwohl man zu seiner Verteidigung sagen muss, dass er mit seinem Einwandererstatus noch keine Arbeitserlaubnis hat. Er kommt vorbei und bleibt eine Woche. Das richtet er gerne so ein, dass er an den Tagen zu Besuch kommt, wenn die Kids Essen kaufen gehen, dann bleibt er und kocht uns ein paar Tage unsere Lieblingsgerichte. Unsere Lieblingsgerichte sind natürlich in Wahrheit seine eigenen Lieblingsgerichte, und von den teuren Zutaten wie Safran, den die Kids aus dem Iran geschickt bekommen, nimmt er gern reichlich. Er macht auf großen Meisterkoch und kommandiert beim Würzen und Abschmecken alle grob, aber lustig herum.

Als wenn das noch nicht genug wäre, raucht er uns die Zigaretten weg, bringt Frauen mit und springt mit ihnen in unsere Betten. Er ist ein metronomgleicher Ausdauerstecher und lässt diese Mädchen singen wie die hurenhaften Teufelsvögel, die sie in Wahrheit ja auch sind. Er läuft rum wie ein Penner, bis es Zeit wird für ein Rendezvous mit einem der Vögelchen, dann macht er eine Wandlung durch, wie sie einem persischen König der Sassanidenzeit gebühren würde. Als Iraner ist die Enthaarung der wichtigste Teil seiner Verwandlung. Auch muss er von Kopf bis Fuß eingeölt sein. Ich erzähle ihm dauernd, dass Brusthaar wieder in Mode ist, aber er will nicht hören. Sein Bart muss perfekt zu einem besonderen Muster gestutzt sein. Immer redet er über potenzielle Dreier, aber nie kommt einer zustande.

»Oh, die!«, ruft er. »Die ist genau richtig! Eine Orgie, eine Orgie!«

Außerdem hält Dari sich für eine Art Intellektuellen. Er spricht mit pseudobritischem Akzent, obwohl er im Iran aufgewachsen ist. Er ist Musiker und kam mit der ersten Welle iranischer Underground-Rockbands hier an. Die meisten seiner Sprüche sind recycelte Woody-Allen-Witze oder Sachen, die er bei Dostojewski oder Camus aufgeschnappt hat, und er trägt gerne dick damit auf, ganz genüsslich und ohne Quellenangaben. Na gut, bei genauerer Betrachtung muss man sagen, dass seine wilden Pläne manchmal doch aufgehen; sein intellektuelles Geschwafel beeindruckt manche Menschen mehr und manche weniger. Um die Wahrheit zu sagen, als ich Dari das letzte Mal gesehen hatte, war sein Gesicht in einer Fotze vergraben, und er war am Lutschen und am Lecken. Die Fotze hatte ein Gesicht, Arme und Beine, blonde Haare und blaue Augen. Ich war mit ihrem Oberkörper beschäftigt, hatte einen Nippel im Mund und ihren Unterleib im Blick. Sie genoss das alles, und zwar heftig. Ihr Freund war an jenem Zufallsabend nicht zugegen, er hatte es vorgezogen, sich in weiter Ferne auf der anderen Seite der Stadt zu halten, der Lahmarsch. Wenn der geahnt hätte, was für verkommene Ungeheuer hier seine Gefährtin verwöhnten! Nach zwei oder drei großen Gläsern Absinth auf Eis mit einem Spritzer Wasser sind menschliche Wesen zu allem bereit. Ich brauche keine Orgien, um mein Blut in Wallung zu bringen, ich widme mich lieber im Zustand der Halbnüchternheit einem Menschen auf einmal. Es war eine leere Erfahrung. Nicht urtümlich, sehr flüchtig und stumpfsinnig, etwas aus den Abgründen menschlicher Verdorben- und Verkommenheit, tierisch und ohne jede Poesie. Ich hätte mich sofort abseilen sollen. Wir sahen aus wie die Tintenfische in Hokusais »Traum der Fischersfrau«, helfe uns Gott. Um alles noch schlimmer zu machen, war das Mädchen auch noch eine Freundin von mir.

Anders als ich ist Dari ein Sexjunkie höchster Güte, ein Serval, eine Breitflügelfledermaus, ein selbsterklärter Koitus-King, fleischlich bewandert, ein Deflorations-Besamer, ein Penetrator, ein kopulierender Landhai mit großem Fleischhunger. Eines Tages wird er gewiss ein Symposion über die Kunst der Paarung abhalten und seine Standpunkte verteidigen. Ich vermute, dass er dafür gerade die nötigen Daten sammelt, um später Wissen und Weisheit versprühen zu können. Bald wird er sich auf eine der Baleareninseln vor der spanischen Küste zurückziehen und mit einsiedlerischem Eifer und der Inbrunst des Einsamkeitsfanatikers über seinen Erkenntnissen brüten. Ich könne ihn dort jederzeit besuchen, sagt er, und warum auch nicht? Ein bisschen Sand und Sonne könnte ich gut vertragen.

Ich zünde mir eine Zigarette an und starre aus dem Fenster. Alles ist in quecksilbrige Morgendämmerung eingefroren, es dampft aus den Schornsteinen, ein paar Vögel fliegen herum, es sieht nach Schnee aus. Immer geht es auf und ab. Ich muss langsamer machen, brauche einen Job, brauche Einsamkeit und Ruhe. Kann nicht mehr weiter. Muss immer weiter. Ich krieche zu Dari ins Bett, natürlich ohne ihn zu berühren, und versuche, ein paar Stunden zu schlafen, bevor die Loftbewohner aus ihrem Schlummer erwachen. Ich muss mal kurz abschalten. Bitte, o Herr, keine Träume, keine Albträume! Mir dreht sich schon wieder der Kopf …

Ach, was wird bleiben von meinen gigantischen Luftschlössern – so viele Ideen verrecken, nachdem sie einmal durchgekaut oder verlautbart wurden. Für jede Tür, die du aufstößt, schlägt man dir eine vor der Nase zu. Sehr wenige Wege gibt es, die dir offenstehen, die irgendwo hinführen. Die gesamte Stadt, das Land, ja sogar die ganze Welt passen in ein handgroßes Zaubergefäß, benannt nach der Frucht, der Adam und Eva nicht widerstehen konnten, das fast alles enthält, was je von Menschen geschrieben, aufgenommen, gefilmt worden ist. Alles angebliche Wissen des bekannten Universums ist darin aufgehoben, ohne jede Weisheit natürlich, ohne Sorgfalt und allein aus Profitinteresse. Man gibt diese schrecklichen Apparate Kindern, die kaum sprechen können, damit sie damit ihre Zeit vertändeln. Sonst könnten sie sich ja, Gott bewahre!, kurz langweilen und die überarbeiteten Eltern behelligen! Da lässt man die Kleinen lieber in den Abgrund der Zaubergeräte blicken, damit sie still sind. Mit dem Zauber gehen Welle auf Welle fesselnder Codes einher, Anfälle unerträglichen Stumpfsinns, Hirnprogrammierung, Seelenausschachtung, Sinnesverblödung, lockeres Sklaventum von der Wiege bis zur Schlachtbank. Ein Schlachtfest für Geist und Seele, ganz unter elterlicher Aufsicht, Anleitung und Erlaubnis mit Unterschrift auf der gepunkteten Linie. »Aber gerne doch!«, rufen die Eltern. »Tolles Produkt. Benutzen wir selber.« Ach, halt doch die Fresse und schlaf endlich, du Idiot, denke ich. Du kannst von Glück sagen, dass du hier bist, du dreckiger Scheißimmigrant. Du hast ein Dach über dem Kopf und einen eigenen Pisspott, sei doch froh.

#

Als ich aufwache, brummt das Loft vor Leben. Dari kocht und plappert von seinem Mädchen der letzten Nacht. Die Kids hören zu und rollen sich dabei einen Joint.

»Eine völlige Ekelfresse hatte die, und dumm wie Brot, und Fußgeruch hatte sie auch ein bisschen«, sagte er auf Persisch.

»Wo hast du sie aufgerissen?«, fragt Koli, der Bassist.

»Sie war vor einer Weile bei einem Auftritt von uns, hör mal, mit der können wir bestimmt eine Orgie machen, ihr wart ja gestern alle nicht da, sonst wäre es schon passiert. Sie lässt sich gerne den Hintern versohlen. Gott, war das eine blöde Tussi, hat mich auf einen Drink nach dem anderen eingeladen, den ganzen Abend, reiche Eltern, Treuhandfonds, aus Missouri oder so, vielleicht auch Michigan, mir doch egal. Aber ganz gut im Bett. Ich hab's ihr fünf oder sechs Mal besorgt und sie hatte immer noch nicht genug. In den Arsch sollte ich ihn ihr stecken. Wo ist der Safran?«

Ich starre aus dem Fenster und warte, dass das Bad frei wird.

»Ali! Danke, dass ich letzte Nacht bei dir im Bett schlafen durfte. Mann, du rührst dich im Schlaf echt überhaupt nicht, wie tot.«

»Ich bin auch tot, Dari, im Herzen.«

»Du finsteres Arschloch! Mach dich mal locker. Wartet mal, bis ihr kosten dürft, was ich euch koche, Leute. Wir essen, und dann ziehen wir um die Häuser. Ich sorge dafür, dass du besser draufkommst«, sagt er und klatscht in die Hände, dann reibt er sie sich.

»Woran hast du denn gedacht?«, frage ich.

»Wir können bestimmt irgendwo eine Party crashen. Bevor du in diese Sekte eintrittst, musst du noch mal ordentlich abstürzen, oder?«

»Äh ... keine Ahnung. Partys crashen finde ich scheiße.«

»Na, dann ruf doch diese Freundin von dir an, wie heißt sie gleich, von neulich. Aus Kroatien.«

»Leck mich am Arsch, Dari. Ruf sie doch selber an, du alter Zuhälter, hat sie dir nicht ihre Nummer gegeben? Wozu brauchst du dann mich?«

»Du hast recht, außerdem, so toll war sie auch wieder nicht. Aber ohne dich macht es keinen Spaß.«

»Tja, schade. Ich mache so was nicht noch mal«, sage ich.

»Ach, komm schon! Willst du mir etwa erzählen, dass du das nicht geil fandst?«

»Nein, fand ich nicht geil. Du bist echt krank, weißt du das?«

»Hör mal, ist aber nicht meine Schuld, dass ich den Größeren habe, oder?«, sagt er und lacht.

»Nein, stimmt, das ist nicht deine Schuld.«

»Na ja, er ist schon ziemlich groß, oder?«, sagt er triumphierend mit breitem Grinsen.

»Ja, für einen Kondor ist er ziemlich groß. Weißt du, im Unterschied zu anderen Neuweltgeiern ist deine Art nicht gefährdet, sondern eine Landplage.«

»Na, was soll ich denn machen? Wie du werden und einen guten Kadaver verschmähen, wenn ich einen sehe? Wenn ich ein Kondor bin, wie du sagst, dann kann ich gar nicht anders, oder? Liegt einfach in meiner Natur.«

»Sehr schön, Dari, das erste vernünftige Wort des Monats. Also, ist dieses Scheißessen jetzt fertig oder was? Und brauch nicht unseren ganzen Safran auf.«

Kurz darauf sitzen wir rund um den großen Esstisch aus Holz und genießen Daris Ghormeh Sabzi, ein Lieblingsgericht vieler Iraner. In der Küche ist er wirklich ein Meister.

»Du bist wirklich der beste Koch aller Zeiten, du alter Irrer, das ist das beste Sabzi, das ich je gegessen habe«, sage ich.

»Yeah, Dari, wow!«, pflichtet Koli mir bei, so wie auch alle anderen, nickend und grunzend.

»Hast du das bei deiner Mutter gelernt oder wo?«, fragt der Leadgitarrist, Manuchehr.

»Nein, gar nicht!«, sagt Dari. »Die konnte nicht mal ein Ei braten. Mit dem Kochen habe ich angefangen, als ich nach Amerika gekommen bin … aus Verzweiflung.«

Diese Familienessen gibt es im Loft täglich. Neben dem Hauptgericht muss Naturjoghurt dabei sein, irgendein Salat, wenn möglich Cola oder Bier, nach dem Essen: Zigaretten und ein Joint.

Beim Rauchen erzählt Dari uns von seiner Katze, die er wie einen Hund auf den Straßen von Teheran spazieren geführt hat. Eines Tages war die Katze Anlass für eine Prügelei, unter Verwicklung eines Lastwagens voller Bauarbeiter mit Äxten und Schaufeln.

»Da sagt der Richter zu mir, warum hast du den Typen geschlagen? Weil er meine Katze geschlagen hat, sage ich, er hat die Katze gesehen, Katze! gerufen und sie mit einem Schuh geschlagen! Die Katze?, sagt der Richter. Er hat deine Katze geschlagen? Na und, das macht man eben mit Katzen, sagt der Richter! Man fasst es nicht! Dieses Land ist doch ein Drecksloch. Also wirklich ...«

Unsere Katze ist dick und faul, kommt aber gut bei den Mädchen an. Wir rauchen unseren Joint und gehen unserer Wege. Ich fange an, meine Gitarre zu stimmen, Dari bekommt irgendeinen Anruf, draußen wird es dunkel und man wird sich irgendeine Art von Abendunterhaltung suchen müssen.

Die Tür geht auf und ein paar Leute kommen herein, Bekannte von einem der Kids von gestern Abend. Bald kommen noch mehr dazu und wir trinken und rauchen und wollen Koks besorgen. Kurz darauf ist der Dealer da. Warum wir mit unserem Leben nichts Sinnvolles anfangen können, bleibt mir ein Rätsel. Wir haben alle Mittel dazu und Kraft genug, aber stattdessen verweigern wir uns der Wirklichkeit, konzentrieren uns auf den Schwachsinn und vermehren ihn.

#

»Kein Strawinski, aber ich spiele ein bisschen Schubert für dich«, sagt Carrie, steht auf und geht ans Klavier.

»Na ja, das Stück lerne ich gerade, perfekt wird es nicht«, sagt sie, bevor sie sich kopfüber hineinstürzt. Technisch ist sie unglaublich gut, sie hat kräftige Finger und trotzdem zarte Hände und versinkt tief in die Musik. Sie spielt beredt und sehr gefühlvoll. In ihren eng anliegenden Jeans, den braunen Schaftstiefeln und dem engen langärmligen Pullover sieht sie sehr sexy aus. Ihr kurzes dunkelblondes Haar schwingt hin und her, während sie in die Tasten haut. Bei einigen Passagen der Komposition muss ich laut lachen. Ich bin bekifft und betrunken, das Koks wirkt wahrscheinlich schon nicht mehr.

Sie trägt mich aus meinem Krüppel-Ich in eine verzauberte Welt, in der überall gleichzeitig kaleidoskopische Bilder glitzern. Mit durchgestrecktem Rücken und klarem Kopf spielt sie mit meinen Sinnen, flehend, schmeichelnd, höhnisch, verächtlich. Im leeren Raum zwischen uns oszillieren der Länge nach elektromagnetische Wellen. Frei fließen meine Gedanken, sie drehen sich um Optik, Seismologie, Telekommunikation, Wellenausbreitung, Magnetfelder, Vektoren, Schwingungsweiten, Phasen, Sinuswellen, Winkelfrequenzen, Oberschwingungen, Timbre, Synchrotronstrahlung, Längenkontraktion. Plötzlich retardiert die Musik und gibt neuen Gedankenströmen Raum. Jetzt bin ich in der Ciudad de México und spaziere durch das *centro historico.* Ich bin in den Schwimmenden Gärten von Xochimilco. In der Ferne sehe ich den Zócalo, das Schloss auf dem Chapultepec, Coyoacán, Frida, Diego, Trotzki, Gespenster. Ich schwimme in der Musik, bade darin, sauge alles auf. Betrachte sie jetzt, jung, lebenssprühend, selbstständig, eins mit sich. Die Musik verklingt und lässt mich hilflos in meinem Phantasiegebäude einer Kathedrale zurück. Sie blickt zu mir herüber und lächelt.

»Das war's! Ich arbeite noch dran«, sagt sie.

»Herrgott, Carrie, das war wunderschön. Du bist toll«, sage ich.

»Danke«, sagt sie, steht vom Klavierhocker auf, kommt herüber und setzt sich neben mich. Sie blickt mich an und lächelt, die Augen blauer als Lapislazuli, dann lehnt sie ihren Kopf an meine Schulter, als würden wir uns schon Jahre kennen. Ich lasse ihr meine Schulter eine Weile, dann hebe ich mit dem Zeigefinger ihr Kinn und küsse sie auf den Mund. Sie erwidert meine Küsse mit Leidenschaft. Wir lassen uns Zeit.

Meine Gedanken kommen wieder in Fluss. Prädynastisches Ägypten, Keilschrifttafeln, der Kallanai-Damm, Sumer, Elam, Babylonisches Exil, niedere Achämeniden. Sie behält ihre Gedanken für sich und ich kann sie nicht lesen. Ihre Erregung nimmt zu. Ich bin jetzt mit der Hand unter ihrem Pullover und fühle ihre blasse Haut. Ich beiße sie in den Hals und küsse ihn. Sie stöhnt und ein Zittern geht durch ihren Leib, dann hält sie abrupt inne.

»Warte ... okay ... warte mal kurz ... also, ich mag dich ... wirklich, aber ich will heute Nacht nicht mit dir vögeln ... aber wenn du willst, können wir ins Schlafzimmer gehen und es uns ein bisschen bequemer machen.«

»Klar, wie du möchtest«, sage ich und weiß genau, was passieren wird, wenn wir zu ihr ins Schlafzimmer gehen. Wir liegen eine Weile in unseren Kleidern auf dem Bett und machen langsam weiter. Ich dränge sie zu nichts, überlasse lieber ihr die Führung. Sie zieht den Pullover aus und bittet mich, meinen auszuziehen, dann sind die Hemden dran, ihr BH, unsere Jeans und schließlich die Unterwäsche. Nach einer Weile frage ich sie, ob sie möchte, dass ich sie lecke, und sie nickt mit halb geschlossenen Augen, fährt sich mit der Zunge über die Lippen und beißt sich auf die Unterlippe, sie ist jetzt so weit. Langsam mache ich mich auf den Weg nach unten, küsse und lecke sie überall gründlich, bevor ich drauflosgehe. Ich blicke zu ihr auf, sie windet sich vor Lust, mit durchgedrücktem Rücken, harten Brustwarzen, zurückgeworfenem Kopf, ihre Augen sind geschlossen, sie stöhnt. Ich lange zu und drücke ihr die linke Brust, dann spiele ich mit der harten rosa Brustwarze zwischen meinen Fingern. Nach ein paar Minuten führe ich ihr sanft einen Finger ein und bewege ihn vor und zurück, während ich sie mit meiner Zunge massiere. Jetzt dreht sie völlig durch.

»Stop! ... Okay! ... Kurze Pause ...«, sagt sie, ganz außer Atem, zieht mich zu sich hoch und lässt sich von mir in den Arm nehmen. Nach einem Augenblick mache ich mich los, lehne meinen Kopf an die Wand hinter dem Bett, schenke mir ein Glas aus der Flasche Single Malt Scotch auf dem Kaminsims ein und nehme einen tiefen Schluck. »Bin gleich wieder da«, sagt sie und verschwindet im Bad.

Warum ich ausgerechnet mit ihr im Bett gelandet bin, ist mir ein völliges Rätsel, die halbe Welt kann hereinspaziert kommen, wenn die Tür zum Loft aufgeht. Bis gegen Ende des Abends war sie mir überhaupt nicht aufgefallen, da ist es immer so dunkel. Sie kam zu mir rüber, bat um eine Zigarette, war einigermaßen hübsch, wir quatschten kurz, sie flirtete mit ihren Blicken, ich ließ mich nicht aus der Ruhe bringen, hatte nicht so tolle Laune, wollte mit niemandem reden, einfach mein Koks nehmen und mit den Kids abhängen. Carrie schnupfte ein bisschen was und ging wieder, und ich sah, wie sie sich ein paar andere Jungs genauso vornahm. Auf diese Nummer falle ich nicht mehr rein, dachte ich. Je netter man zu solchen Mädchen ist, desto schlechter behandeln sie einen. Als Gentleman zieht man offenbar immer den Kürzeren. Ich ließ sie machen und achtete eine Stunde lang nicht weiter auf sie, dann kam sie zurück und fing wieder an, mit mir zu reden, sagte, sie habe im Bad eine Schachtel Zigaretten gefunden, und gab mir eine, bevor sie noch ein bisschen Koks von mir annahm. Wir fingen wieder an zu reden, diesmal über Musik. Sie ist klassisch ausgebildete Pianistin. Wir redeten über Schönberg und Strawinski, Strauss und Satie. Kurz darauf verschwindet sie wieder, und als ich sie ausmache, sieht es einen Augenblick lang so aus, als würde sie einen Typen küssen. Als ich sie das nächste Mal sehe, fragt sie mich, ob ich mit zu ihr gehen und ein bisschen Pot rauchen will. Und da sind wir nun. Ich schenke mir noch einen Scotch ein, pur, und warte, dass Carrie aus dem Bad zurückkommt. Splitternackt und lächelnd tritt sie heraus.

»Hi …«, sagt sie.

»Hey …«, sage ich. Sie steigt ins Bett und kuschelt sich an mich. Ihre linke Hand gleitet hinunter und greift ihn sich.

»Was treibst du so?«, fragt sie.

»Bloß auf dich warten.«

»Auf mich warten, was?«

»Genau, und was hast du da drinnen gemacht?«

»Frauensachen.«

»Hmmm …«

»Jetzt komm …«

Sie ist scharf, reibt ihn kräftiger, ich schiebe ihr einen Finger rein, und blitzschnell ist sie so weit.

»Hol ein Kondom«, sage ich.

»Nein, kein Sex«, sagt sie. Kein Sex, bist du verrückt? Du lügst doch, denke ich bei mir, während ich Rein-Raus mit meinen Mittelfinger mache. Als ich ein paar Minuten weitergemacht habe, ist sie zu allem bereit, beugt sich vor und nimmt ein Kondom aus einer Schublade.

»Zieh es mir über«, sage ich ihr, und das tut sie, dann nimmt sie meinen Schwanz, führt ihn sich langsam ein und setzt sich darauf. Ich packe sie an der Hüfte und bewege sie auf und ab. Sie beugt sich vor und schiebt mir die Zunge in den Mund. Ich beiße auf ihre Unterlippe, dann nehme ich eine Brust und lutsche an ihrer Brustwarze. Sie richtet sich auf und geht ins Hohlkreuz. Ich packe sie an den Schultern und vergrabe mein Gesicht in ihren Titten. Im nächsten Augenblick liegt sie auf dem Bauch und ich ficke sie wie einen Hund. Kein Gran Liebe findet sich in meiner Seele. Ich kenne keine Rücksicht auf ihre Verletzlichkeit, auf meine eigene oder die anderer Menschen. Ich kenne ihre Sorte, nach dieser Nacht wird sie nicht mehr Teil meines Lebens sein, sie will es auch gar nicht. Himmel, ich weiß wirklich nicht das Geringste über sie. Gott allein weiß, mit wem sie das sonst noch macht und wie oft pro Woche. Ich stoße, sie ächzt und stöhnt. Ich drehe sie um und besorge es ihr, Missionarsstellung, monoton, mit Nachdruck. Nach ein paar Minuten kommt sie, aber ich gönne ihr keine Atempause. Leck mich!, denke ich. Deine Sorte kenne ich. Du nimmst dir, was du brauchst, und ich tue es auch.

Ich bin heftig am Stoßen und merke, wie sich Druck aufbaut, wie die kleinen Soldaten sich in Marsch setzen, sehe, wie die Hängenden Gärten von Babylon von einem Kanonenboot in Schutt und Asche gelegt werden. Ich bin jetzt ein Tier, man sollte mich den Göttern opfern, ein Vieh ohne einen Tropfen blauen Blutes in den Adern. Mongolen haben meine Vorfahren geschändet! Versuch doch, dieses Ungeziefer auszurotten, wenn du dich traust! Wenn du weißt, was gut für dich ist! Ich werde deine Mutter ficken, deine Tochter, seine Schwester, ich fick *dich*, bis du blutest, du Sau! Ich tue ganz zahm, aber wenn du dich umdrehst, verwandelt dieser kleine Kuschelbär sich in ein Raubtier, das meine Haut abwirft und sich über das blutige Fleisch hermacht. Ich bin nicht reinrassig, aber trotzdem ein Steher.

Leck mich, ich bin ein Mutant! Ich bin das Gegenteil von allem, wofür du mich hältst. Wenn ich auf dem Land nicht klarkomme, gehe ich ins Wasser. Ich bin grausam, Carrie, denke ich bei mir, viel grausamer als du, aber du hast gewonnen, du hast gewonnen.

Es hat ihr offenbar gefallen. Ich fühle mich wie ein Trottel. Wir schlafen ein paar Stunden, bis es Tag wird, dann wache ich auf und gehe. Es ist brutal kalt und der Weg zum Loft ist lang, die Kids werden die Geschichte hören wollen, wenn sie am Vormittag wach werden, und sie werden selber ein paar Geschichten zu erzählen haben. Wir werden darüber reden, wer wen gefickt hat und wer nicht, dann wird es Abend und dann wieder Tag. Ich komme mir lächerlich vor. Alle möglichen Pläne liegen auf dem Tisch, für Tourneen, Projekte, Auftritte und was nicht alles. Ich brauche Liebe. Ich will nicht mehr von Ast zu Ast hüpfen, will nicht der sein, der gerade aus mir wird.

»He, Alter, kann ich dir eine Zigarette abkaufen?«, fragt mich irgendein Arsch mit Rattengesicht, nettem Lächeln und teurem Haarschnitt.

»Hab keine, Alter, sorry«, sage ich im Vorbeigehen.

Zu viele verwirrende Fragen bedrängen mich auf meinem sinnlosen Marsch. Keine Droge der Welt kann mich von meinen Leiden heilen. Alle Veränderung muss von innen kommen, aber innerlich fühle ich mich verfault und verstört. Ich fühle mich wie ein totaler Spinner, ein nutzloser komischer Kauz, der mit Gardinen vor der Birne durch einen merkwürdigen Korridor läuft. Langsam ziehe ich die Gardinen beiseite, mit fragendem Blick, und entdecke dahinter nichts als Absurdität und Lächerlichkeit.

»Nur noch ein paar Schritte«, sage ich blöde grinsend

und gehe weiter. »Hallo!«, krächze ich. »Ist da jemand?« Wenn ich mir doch nur beigebracht hätte, weiter in die Zukunft zu blicken. Wann finde ich endlich aus diesem kranken Korridor heraus? Gibt es dahinter nichts? Wie viele Berge muss ich besteigen, wie viele Täler durchqueren? Hat das alles einen Sinn? Es gibt so viel, das ich den Menschen in meiner Umgebung erklären möchte, jene eine innere Bedeutung, die ich mit jeder Faser meines Wesens spüre, aber nicht in Worte fassen kann. Es muss eine passende Geste geben, eine zarte Nuance oder ein Bild, das mir hilft, meine Absichten rüberzubringen. »Explizieren, Scheiße noch mal!«, brülle ich in die Luft. Ich brauche dringend Klarheit und Entschlossenheit. Ich fühle mich wie ein blinder Passagier auf meinem eigenen Schiff, habe mich aus den Unterdecks hervorgearbeitet und merke, dass es menschenleer ist. Bei näherer Untersuchung wachsen meine Zweifel an der Seetüchtigkeit meines schwimmenden Untersatzes. Die Ruderanlage ist offenbar hinüber, die Bilge läuft über, der Achtersteven ist gebrochen, im Kesselraum sind die Feuer erloschen und, was am schlimmsten ist, am Bug steht kein Name. Der Wellengang da draußen ist unchristlich, lautstark wütet die dunkle See, plötzlich packt uns der Schwell und eine Woge stürzt auf mein kaputtes Schiff zu. Unwetterwolken färben den Himmel schwarz, schwerer Regen naht mit Blitz und Donner. Der Wind singt ein bedrohliches Lied und raubt mir die Sinne. Ich wappne mich für das bittere Ende, aber irgendwie weiß ich, dass es noch lange nicht gekommen ist, ich weiß, das Schiff wird mit Sicherheit kentern, aber irgendwie werde ich nicht ertrinken. Nein, so einfach wird es nicht. Wenn das Schiff gesunken ist, bleibt immer noch das Meer mit Tausenden von Inseln, an deren Strände man gespült werden kann. Also reiß dich zusammen, Seemann, wir müssen noch ganz schön weit schwimmen.

#

Ich komme ins Loft. Manuchehr ist wach und kocht sich Tee. Wir sitzen am Tisch. Ich nehme meine Gitarre und schlage eine Melodie an, die nach Appalachen klingt.

»Richtig irre, letzte Nacht«, sagt er.

»Was war mit diesem Mädchen?«, frage ich.

»Mit der war nichts, aber dann war was mit dieser alten Frau«, sagt er und lächelt ungeschützt.

»Alte Frau? Welche alte Frau? Wie alt war die denn?«

»Keine Ahnung, dreißig vielleicht.«

»Herrgott, ich bin zweiunddreißig, willst du mich etwa alt nennen?«, frage ich feixend.

»Äh … nein … aber die war komisch drauf, als wir mal angefangen hatten, musste ich mindestens zwei Stunden ran. Gott, diese Frauen sind so schräg, vor allem die, die so tun, als wäre es ihnen egal, wir haben die ganze Nacht kein Wort miteinander geredet.«

»Na, die mögen dich, weil du so ein stiller Typ bist«, sage ich.

»Ja, wahrscheinlich … bei mir geht immer erst auf den letzten Drücker was. Sie kam zu mir ins Zimmer, um zu koksen, und dann ist sie einfach geblieben. Wir haben uns nicht mal unterhalten, die Leute sind rein und raus. Wir wechseln kein Wort, Stunden vergehen, alle sind weg. Schließlich sage ich, ich bin müde und muss schlafen. Mach doch, sagt sie und legt sich neben mich. Wir fangen an zu knutschen und es wird heftig, aber sie bremst immer wieder und sagt alle fünf Minuten ›halt, das reicht‹. Also sage ich jedes Mal okay und drehe mich um, als würde ich schlafen wollen. Natürlich fängt sie jedes Mal wieder an, und schließlich sage ich, hör mal, das ist doch blöd, packe sie, und wir legen los. Wir haben es stundenlang getrieben, geschwitzt wie die Irren. Endlich sind wir fertig und sie fängt an, mich auszufragen. Was machst du so, in der Art. Ich bin in einer Band, sage ich, als würde sie das nicht wissen. Aber was machst du zum Geldverdienen?, sagt sie. Das ist alles, sage ich, ich mache nichts zum Geldverdienen. Aber du hast doch einen Job?, sagt sie. Nein, sage ich, ich hatte noch nie einen Job. Sie wird sauer, sagt wie bitte, keinen Job, noch nie? Nein, sage ich. Jetzt ist sie richtig stinkig, sagt, sie arbeitet, seit sie vierzehn ist, braucht gerade drei Jobs, um leben zu können, und kann sich nicht vorstellen, wie man nicht arbeiten kann. Sie ist völlig wütend, steht auf und sammelt ihre Sachen zusammen. Kurz bevor sie durch die Tür ist, dreht sie sich um und sagt ... ich solle arbeiten gehen!«

»Ha! Arbeiten gehen?«, frage ich lachend.

»Ernsthaft! Arbeiten gehen.«

Da kommt Koli aus seinem Zimmer geschlurft, sieht aus wie ein Gespenst, grinst aber breit, setzt sich und fällt ins Gespräch ein.

»Mein Gott ... mein Gott ...«, sagt er immer wieder und schüttelt den Kopf.

»Was ist denn? Alles okay?«, frage ich.

»Mein Gott ...«

»Raus damit, Koli. Scheiße, was ist passiert?«, frage ich.

»Mann, das ist eine Göttin. Ich muss im Himmel sein. Scheiße, bin ich gerade im Himmel? Ich meine, dieser Body, allein die Titten ... allein dieser irre Body, und ihr Gesicht!«

Er ist völlig mösifiziert, durchgeknallt, mit Glubschaugen, schüttelt zwanghaft den Kopf.

»Welche denn?«

»Die aus Dänemark. Ungefähr dein Alter, und mein Gott … ich bin verliebt«, sagt er, wirft die Hände in die Luft und lässt sie dann auf seine Knie klatschen.

»Wo ist sie?«, fragt Manuchehr.

»Weg, zu hell bei mir, sie kann nicht schlafen, hat sie gesagt. Ich kaufe heute gleich Vorhänge, Mann. Das ist die Frau für mich. Echt, wie kann ein Frauenbody so aussehen, sich so anfühlen? Sie hat einen Mann aus mir gemacht, bis gestern war ich bloß ein Junge. Sie hat einen Mann aus mir gemacht … mein Gott …«

Er ist in Trance, man kann nicht mehr mit ihm reden. Das bleibt bestimmt eine Woche oder länger so. Ab und zu kommt eine Frau vorbei, mit einer goldenen, magischen, übernatürlichen, paranormalen, phantasmagorischen Vagina, eine, die alle Erinnerung an die Vaginen der Vergangenheit auslöscht. Einer dieser überwirklichen Vaginen ist Koli offenbar begegnet, und ihm sind alle Schaltkreise durchgebrannt. Gleich bläst es ihm die Hirnschale weg. Jetzt sitzt er richtig in der Scheiße, denn diese Vaginen sind kein abstraktes Konzept, sie sind an lebendigen, atmenden menschlichen Wesen weiblichen Geschlechts befestigt. Nicht mit einer Vagina hat ein Mann Sex, nicht mit ihr macht er Liebe, nicht sie fickt und heiratet er, nicht von ihr lässt er sich scheiden, all das tut er mit einem anderen Menschen. Ob Schwanz oder Möse, das ist kein Unterschied. Über dem Sex gibt es das andere. Wenn du eintreten willst ins ewige Leben, von dem du sowieso schon ein Teil bist, dann musst du ein paar Grundprinzipien begreifen. Du weißt, dass beim richtigen Ficken Babys gemacht werden, oder? Babys sind lebendig. Sie sind das Leben selbst. Eine große Sache, dieses Ficken und Lecken. Das Ein und Alles vom Großen und Ganzen. Ganz im Ernst.

#

Morgen bei Sonnenaufgang fahre ich in ein Meditationscamp. In diesem Camp darf man nicht reden, nicht töten, Fleisch essen, rauchen, trinken, ficken, auch nicht schreiben, singen, tanzen, laufen, trainieren usw. Kostenlose Entgiftung für Menschen wie mich, die sich stolz süchtig nennen dürfen, drogensüchtig, um genau zu sein, und Alkoholiker noch dazu. Oh, und wenn ich könnte, was heißen soll: wenn ich es mir in New York leisten könnte, würde ich zwei oder drei Schachteln Zigaretten am Tag rauchen, aber fast dreizehn Dollar die Schachtel minimieren den Genussfaktor doch stark.

Heute Nacht durchströmen mich die seltsamsten Gefühle. Ich habe keine Ahnung, was ich da empfinde. Ich weiß bloß, dass ich mit meinem ganzen Leben einverstanden bin. Ich habe noch immer Angst und kann unmöglich wissen, was mich erwartet, aber ich erlebe ein Gefühl der Ruhe wie schon lange nicht mehr. Hoffentlich habe ich ein paar magische Visionen. Es lässt sich nicht richtig erklären. Was kann man schon über ein Meditationscamp und die Lehren des achtundzwanzigsten Buddha Siddharta Gautama sagen? Zwölf Tage habe ich gelebt wie ein Mönch, einfache vegetarische Gerichte gegessen, edles Schweigen geübt – was bedeutet, dass man mit keiner anderen Menschenseele im Camp kommuniziert –, bin um vier Uhr morgens zum Klang leise klingelnder tibetanischer Glöckchen aufgewacht, habe tagsüber fast sechs Stunden lang meditiert, bin den Rest der Zeit über auf dem Gelände spazieren gegangen oder habe geschlafen und mich zur Schlafenszeit um zehn Uhr abends auf höllische Träume vorbereitet, in denen ich von Verflossenen und alten Lieben heimgesucht wurde, von dämonischen Visionen und Lauten, die in meinem Inneren widerhallten und viel heftiger zu hören und zu spüren waren als je zuvor, meiner geschärften Sinne wegen.

Jedes Wesen, das mir je begegnet war, schien mich in meine vielen Träume zu verfolgen. Meine Beine waren vom Lotossitz völlig zu Brei geworden und die Krämpfe weckten mich in regelmäßigen Abständen die ganze Nacht über auf. Mein Schlafquartier befand sich in einer von ungefähr zehn Holzhütten, jede für vier Meditierende gebaut, aber als die anderen weg waren, hatte ich eine Hütte für mich allein; schick war es dort nicht, es gab ein Bett und einen Stuhl.

Zur Unterhaltung konnte man nur auf dem Gelände spazieren gehen, also vor allem im Wald, sehr schön, oder in der Hütte im Bett liegen und die Gedanken schweifen lassen. Viele reisten vorzeitig wieder ab, zurück in die Welt da draußen, darunter ein echter Mönch, dem wir aus Respekt beim Essen den Vortritt zu lassen hatten, diesem Arsch mit Glatze. Ich wäre auch abgehauen, aber ich hatte kein Geld für den Bus zurück nach New York und hoffte am letzten Tag bei so einem erleuchteten Wesen mitfahren zu können.

Der einzige Mensch, den ich gerne vorzeitig hätte abreisen sehen, war dieses junge rattenhafte Arschgesicht, dessen tägliche Freizeitbeschäftigung darin bestand, in meine Richtung zu rülpsen und zu pupsen, aber bei der Vipassana-

Meditation geht es schließlich darum, Gleichmütigkeit zu lernen und auf etwas so Flüchtiges wie einen Pups oder Rülpser nicht mit Gier oder Abscheu zu reagieren, also bekam er von mir keine Reaktion. Ich hätte den Sack gerne von der Felswand in den Fluss geworfen, aber es war natürlich Gewaltfreiheit angesagt.

Probleme, Lösungen, Gleichsetzungen, Erklärungen und Fragen kategorisch abzutun, ist für mich inzwischen ein Ding der Vergangenheit. Warum nicht alle Negativität transzendieren? Es ist schwer, nicht mit Gier und/oder Abscheu auf Eindrücke zu reagieren, aber man muss es versuchen. Ich will auf keinen Fall zum Abstinenzler werden, aber das uralte und universelle Konzept der Mäßigung werde ich auf irgendeine Weise beachten müssen auf meinem Weg vorwärts zu einem langen Leben in diesem Körper. Das alles wusste ich natürlich schon vorher.

#

Ich rauche mit den Kids einen Joint und wir reden über den Iran. Manuchehr erzählt mir, wie er einmal in einem Taxi mit einem Messer bedroht und ausgeraubt wurde und wie er einmal auf die Insel Hengam im Persischen Golf gefahren ist, LSD eingeworfen und sich auf einen Felsen gelegt hat, als der Boden zu wackeln begann, weil ein Erdbeben kam, und er natürlich ausgeklinkt ist. Es klopft an der Tür, es ist der Vertreter des Vermieters. Ein großer, hübscher Schweizer Teufel mit Schnurrbart, sehr nett und freundlich.

»Hallo Jungs, wie geht's?«, sagt der Schweizer. Er kommt immer, wenn wir uns gerade einen Joint angezündet haben, er spürt das, und angeblich wissen sie in der Schweiz nichts von Puff-Puff-Weitergeben, da gibt es nur Puff-Puff-Behalten, bis der Joint runtergeraucht ist.

»Schlechte Nachrichten … in zwei Monaten müssen wir draußen sein«, sagt er. Diese schlechte Nachricht erwarten wir schon eine Weile. Die Stadt will Unterkünfte dieser Art endgültig beseitigen. In Gewerbegebieten sollen keine Menschen mehr wohnen, bevor man nicht alle rausgeschmissen, alles neu ausgewiesen hat und astronomische Mieten verlangen kann.

»Also sucht euch lieber gleich was Neues«, sagt er mit seinem bezaubernden, leicht deutschen Akzent.

Unser Vermieter ist einfach ein Typ, der alles vom eigentlichen Besitzer des Gebäudes gemietet hat. Er hat den Vertrag seit Jahren, der Besitzer wohnt in Südostasien, schon lange, und kann nicht in die Staaten zurück, wegen irgendeines alten Verbrechens oder so. Unser Schweizer Freund verwaltet das Gebäude und darf dafür mietfrei dort wohnen. Außerdem gehört ihm noch eine kleine Kunstgalerie um die Ecke. Wir haben schon seit einer Woche kein Warmwasser mehr und in der Badewanne steht die Gülle aus der Kanalisation, aber wenigstens beschwert der Schweizer sich nicht, dass die Miete seit drei Wochen überfällig ist.

»Scheiße, was machen wir denn jetzt?«, fragt Siamak, der Sänger, als der Schweizer weg ist.

»Natürlich uns was Neues suchen«, sagt Koli.

Das ist ein schwerer Schlag und wir brauchen etwas zur Entspannung. Nach kurzer Beratung beschließen wir, dass dies ein Tramadol-Abend wird. Tramadol ist ein synthetisches Opiat, sehr beliebt in der Drogenszene der alten Heimat im Iran. Die Kids haben es mir zum ersten Mal gegeben. Wenn man genug davon nimmt, fühlt es sich fast wie

Heroin an. Das Licht muss schummrig sein und die Musik beruhigend. Man braucht reichlich gesüßten Tee; kein Telefon, keine Störungen, keine Kreischgeräusche. Man legt sich einfach irgendwo hin und lässt sich in den Abgrund treiben. Ein befreundeter ungarischer Arzt verschreibt uns das Mittel. Er ist von Haus aus Proktologe, und wir haben ja auch viele Enddarmprobleme, die der Besserung bedürfen. Alle Musiker müssen gelegentlich ihren Darmausgang checken lassen, damit auch alles läuft, rektal gesprochen. Als Gentleman alter Schule macht er oft Hausbesuche, extrem lustig ist er außerdem, ein wahrer Entertainer, älter und weiser als wir, mit ruhiger warmer Hand.

Seine ärztlichen Ansichten waren uns heilig. Nicht nur sein absolutes und enzyklopädisches Wissen über After und Schließmuskel waren uns von Nutzen, nein, auch wegen all unserer anderen Beschwerden suchten wir ihn auf. Herr Doktor, mir tut da hinten der Zahn so weh … He, Doc, können Sie sich das mal ansehen, ja, da am Schniedel … Herr Doktor, wo sie doch weit weg in Iowa ist, und es war nur eine Nacht, ist das dann immer noch meine Verantwortung? Doc, wachse ich noch? Doc, was ist das, wenn man mitten in der Nacht aufwacht, schweißgebadet, schwer atmend, und man weiß nicht, wo man ist, völlig ohne Plan, ist das Amnesie?

Er war ein Dichter, der gute Doktor, saß da bei einem am Bett und kam vom Hundertsten ins Tausendste, erzählte von Astrophysik und Geologie. Er fühlte sich in allen Naturwissenschaften zu Hause, aber am liebsten verglich er das Funktionieren der menschlichen Körpermaschine mit dunkler Materie. Wie sehr wir ihn in jenen Tagen brauchten und was für gute Dienste er uns leistete! Mögen Gott/

Universum/Mutter Erde unseren guten Freund den ungarischen Arzt segnen, denn er war unser Avicenna.

#

Unendliche Weisheit, verborgen in Höhen und Tiefen oder unverborgen und lächelnd und lockend, ohne zu betteln, denn das Betteln hat sie nicht nötig. Gehungert haben wir nie, als wir Kinder waren, das ist wohl wahr. Echten Hunger habe ich erst kennengelernt, als ich meiner eigenen Wege ging. Zu Anfang war es richtig romantisch. So viele große Künstler haben gehungert. Das Fasten, so hatte man es uns im Iran in der Schule gelehrt, sei eine Art Kanal, der uns mit der Wirklichkeit der Armen verbindet. Aber leider merkt man nur zu schnell, wie prosaisch unfreiwilliges Hungern wirklich ist! Mit leerem Magen und einem Kopf voller Trübsal durch eine Stadt wie New York zu laufen, voller Restaurants und Lokale, ist absurd. Jeder Mensch sollte jeden beliebigen Essensverkäufer höflich um alles auf der Speisekarte bitten dürfen. Alles, was man zu essen begehrt, sollte man umsonst bekommen.

Guter Witz, oder? Selten so gelacht, was? Keine Angst, da kommt noch mehr, versprochen. Wenn dir einer eine Geschichte erzählt, hörst du zu oder lässt es sein, aber die Schlüsse, die du ziehst, gehen auf deine Kappe. Alles immer nur fragmentarisch, die ganze Wahrheit gibt es nie.

Wenn ich jemals Geld in die Hände bekomme, werde ich diese Stadt Straße für Straße füttern, tagelang, umsonst, überall plakatieren: Hungrig? Kommt dann und dann da und da hin, es gibt Essen und ein paar Songs umsonst und Untersuchungen umsonst. Wenn wir uns irgendwie als Arm der Stadtverwaltung verkleiden müssen, dann machen wir das eben, denn die Behörden werden bestimmt unruhig werden und sich fragen, was wir eigentlich vorhaben.

»Wir haben gar nichts vor. Wir tun nur die Arbeit des Herrn ...« – »Welches Herrn? ...« – »Ach, suchen Sie sich einen aus, Mister.«

Wir werden keine Interviews geben und uns nicht von Reportern mit ihrem Schmutzgeist, ihren Schmutzkörpern und ihrer Schmutzseele infiltrieren lassen. Unsere Story ist nicht zu verkaufen. Unsere Taten leben in den Herzen von Männern, Frauen, Kindern weiter. Mundpropaganda, mehr PR brauchen wir nicht. Fernsehnasen? Ha! Seid so gut und versucht es gar nicht erst, ist uns egal, was ihr denkt, also lasst uns in Ruhe. Komische Interviews, während die Leute in die Kamera winken, wird es nicht geben. Wir reden nur mit Menschen, die es verstehen. Der Rest soll unsere Bücher lesen und sich unsere Songs anhören. Sollen sie sich ihre eigenen Märchen erfinden und sie weiterspinnen, wie sie wollen, mit Werbepausen.

Von uns wird es keine Manifeste geben, keine »Zehn Grundpfeiler unseres Anliegens«, keine Vereinssatzung, keine Gebote, keine Gesetze oder Benimmregeln. Friede, Freude und Harmonie werden herrschen, abgeklärte, stille Harmonie. Nur Worte und Melodien, verständlich für manche und völlig misstönend für andere.

Die Bücher sind für alle der Bewegung Geneigten kostenlos, sonst musst du zahlen, Freundchen! O ja, und zwar in kalter harter Münze. Oder du schenkst dem Mann da drüben deine Schuhe, ja genau, Tauschhandel wie in uralten Zeiten. Wer wir sind? Wir sind wie Sie, Mister, Menschen, die sich um das Wohlergehen ihrer Mitmenschen sorgen.

Wir wissen so gut wie Sie, dass die Menschen im Herzen ebenso hungern wie im Magen. Also haben wir uns für den einfachen Weg entschieden und füllen ihnen erst einmal die Mägen. Der Rest muss warten.

Ach, wie herrlich wäre es doch, Tausende von Menschen zu speisen, mitten in dieser großen bösen Stadt. Straßen zu sperren und den Verkehr umzuleiten, wie die Polizei es immer tut, wenn irgendein nutzloser Politiker kommt oder eine öde Parade abgehalten wird. Warum nicht die Straßen sperren, damit wir unser Brot brechen können? Ganz ohne Megafone und Lautsprecher, ohne Rumgebrüll und elektrische Instrumente für die vielen Musiker. Wenn du nicht für kleine Untergruppen der Menge singen oder spielen oder nötige Anweisungen ohne künstliche Verstärker vermitteln kannst, dann arbeitest du eben nicht für uns. Wir wünschen dir nichts Böses, Freund, aber deiner Dienste bedürfen wir nicht. Bleib ruhig und iss. Ja, bleib und vergnüge dich. Die Mahlzeiten werden natürlich vegetarisch sein, Gemüse aus dem Umland, per Fahrrad geliefert.

Warum nicht? Das wird eine Riesensache! Sollen die Reichen und Schamlosen doch ihre Gelage abhalten. Dies wird unseres sein. Unser von mir persönlich handverlesenes und üppig entlohntes Team freut sich auf verrückte Vorschläge aller Art. Nicht nur um Essen geht es hier. Es geht um milde Gaben, kostbare milde Gaben, gesegnet von heiligen Männern und Frauen. Die angebotenen Gerichte werden die Multikulti-Geschmäcker der Stadt widerspiegeln. Dutzende Gebete aller Arten werden vor dem Festmahl gesprochen werden, doch wie gesagt, ohne Megafone, denn nichts wird mega sein und alles menschlich. Das kann doch nicht so schwer sein, oder?

#

Die Straße lockt mit Zierrat, Juwelen und Edelmetallen. Das Pulver wartet auf den Zündfunken, die Kanonenkugeln liegen bereit. Zu Tausenden bilden Sittiche, nicht in Käfigen, sondern zusammengehalten durch Unsicht-Band (TOLLES/NEUES PRODUKT: bekannt aus der *Werbung*) im Flug die Farben des Lichtspektrums nach. Kann nicht über Probleme von Stadt, Land, Welt oder Miete/Privatbeziehungen meckern. Dämonenknopf zum Drücken bereit. Monsterzeit! Scheiß auf alles, Alter … ist doch egal.

Ein Nachbar von oben kommt zu Besuch und redet über Kunst. In den 90ern war er mal ein großes Tier, hat sich einen Weg ausgedacht, Menschen im digitalen Zeitalter auszubeuten, und wurde zur traurigen Berühmtheit. Er hat Menschen in einem Haus untergebracht und dafür gesorgt, dass sie keine Privatsphäre mehr hatten. Bei ihm dreht sich alles ums Geldverdienen, aber er hält sich für einen Künstler.

»Wisst ihr, es geht einfach darum, die Leute dazu zu kriegen, auf dieser Plattform deine Truppe zu liken, zu mögen, was du anziehst und deinen Style und so. Das Ziel ist, dass man diese Leute dazu kriegt, dass sie online gehen, wann immer du das willst, dann kannst du ihren Blick auf alles lenken, was du willst, und es ihnen verkaufen. Sagen wir mal, sie mögen, was du anziehst …«

Er plapperte immer so weiter, und weder die Kids noch ihr Manager hatten den Mumm, ihm zu widersprechen. Also musste ich ran.

»Sorry, aber was hat das mit Musik zu tun?«, fragte ich ihn.

»Na, Musik gehört dazu. Du kriegst diese Netzwerke von Leuten dazu, online zu gehen, wann immer du willst …«

»Und dann verkaufst du ihnen was?«

»Klar, darum geht es.«

»Und Musik auch?«

»Ja, die klicken dich an, weil sie eine Connection zu dir haben, weil ihnen gefällt, was du anziehst, deine Musik und so weiter, aus der ganzen Welt können die kommen! Anzeigenkunden und Investoren können ganz leicht sehen, wer das größte Netzwerk hat und zack …«

»Ja, aber genau deshalb ist doch alles so kaputt. Weil es nicht um die Qualität der Musik geht.«

»Klar, das ist Business!«, sagt er, schwer genervt von meiner Gegenwart und Einstellung.

»Alles dreht sich um den Nachruf in der *New York Times*, Mann, kriegst du einen großen oder kriegst du gar keinen? Darum dreht sich alles«, sagt er schlau, um mir den Rest zu geben.

»Mir doch scheißegal. Hat van Gogh einen großen Nachruf in der scheiß *Times* gehabt? Kann man mit diesen Leuten, die dich liken, nichts anderes anfangen, als ihnen für seine Anzeigenkunden was zu verkaufen? Können wir ihnen nicht etwas geben?«, sage ich. Jetzt schäumt der Nachbar und der Manager versucht, die Lage zu beruhigen, was ihm auf seine übliche Managerart auch gelingt.

Warum reden wir nicht über den Sommer oder Elam? Na ja … okay, hab ich eigentlich auch keine Lust drauf. Mädchen? Du willst über Mädchen reden? Okay. Auf geht's. Warum nicht? Aber im Ernst jetzt. Nägel mit Köpfen machen. Das tun die Amis doch gern. Hey! Ich bin selbst Amerikaner! Und Iraner bin ich auch! Weltbürger! Packt das Bier aus, die Pillen und das Koks. Mädchen? Kannst du vergessen. Will ich nicht in der Nähe haben. Kann ich echt nicht sehen. Brauche kein Mädchen, will keine Frau, ist mir alles egal. Diese graue Maus, die sich zur Ava Gardner gemausert hat und auf mich los ist. Diese miese Frau mit dem Knotenherz. Lektion! Lektion! Lernen! LERNEN!

Fünfhundert Seiten muss ich geschrieben haben. So hat es sich jedenfalls angefühlt. Ein paar Wochen lang habe ich immer nur durchgeschrieben, gleich nachdem Josephine ... nach Josephine, dieser Fotze. So hätte sie nicht Schluss machen müssen, so verlogen. Warum so verlogen? Das schwache kleine Ding. Ihr fragt mich, wer sie ist? Ach, vergesst es, ein Niemand. Mir bedeutet sie jedenfalls nichts.

Die Straßen von Brooklyn sind voller Menschen. Meine Stiefel müssen neu besohlt werden, aber wann? Ich sehe langsam aus wie Charlie Chaplins kleiner Tramp. Diese Stiefel hier sind dreimal quer durch Amerika gezogen und einmal durch England. Mein Kumpel Jake hat sie in Hamburg gekauft und in ganz Europa getragen, bevor er sie mir vererbt hat. Bisschen Billigbier kaufen. Die ganzen jungen Mädchen angucken in ihren ganz kurzen kurzen Hosen und winzigen Sommerkleidchen, wie sie zeigen, was sie haben. Aus vielen Türen kommt Musik. Viele Bands spielen live. Essensgeruch mischt sich mit fiesem Körpergeruch und Parfüm. Ach, vergiss es, immer in Bewegung bleiben, zurück ins Loft. Das Loft ist voller Menschen, großes Abendessen, stimmt ja, hatte ich vergessen. Essen, Beamer an die Wand, rauchen, saufen, reden, lustige Filmclips, lachen, ein paar Mädchen, neue Gesichter.

»Hallo.«

»Hallo.«

»Ich heiße Brittany.« Händeschütteln.

»Ich heiße Ali.«

»Schön, dich kennenzulernen.«

»Finde ich auch.« Was, wo, wann? Vergiss es, immer in Bewegung bleiben. Alles Spiel und Spaß jetzt, Schluss mit der Tiefschürferei. Ach … wir wollten ja über Mädchen reden. Na, dann entschuldige auch, da habe ich mich wohl ein bisschen verrannt. Liebe? Was für Liebe? Was soll das überhaupt alles bedeuten? Definitionen sind mir scheißegal, ich warte nicht auf Offenbarungen und das ganze Tamtam. Wie kaputt und seltsam das alles ist! Nicht wehtun, Mister … ich will *Ihnen* nicht wehtun, Mister … wie bitte? Sie wollen mir für einen Dollar zwei Zigaretten abkaufen? Ich hab nur noch drei, Mister … wie das kommt? Da dürfen Sie mich nicht fragen, Mister, keinen Schimmer. Die Regierung spricht ja nie was mit mir ab. Meine Meinung wird bei keiner Entscheidung berücksichtigt, zum Glück vermutlich.

Wieder im Zimmer, sie spricht wieder Englisch, die Journalistin/Autorin/Sängerin/Gattin/Tochter/Studierte/Reisende. Sie hat einen interessanten Akzent. Es leben/wohnen aber auch wirklich viele Leute in diesem Loft. Viele von den Kids sind jünger als mein kleiner Bruder. Was ist hier los? Ist das Abendessen vorbei? Einer von den Kleinen hat uns eben ein paar Bratkartoffeln gemacht, wir sollen Ketchup dazu essen. Ich habe Dijonsenf vorgeschlagen und er war einverstanden. Lecker, lecker. Sehr nahrhaft, wenn ihr mich fragt. Macht jedenfalls satt. Ich habe gerade die vorletzte Portion verputzt und er die allerletzte. Schön für ihn. Er ist jung und muss noch wachsen.

Maryam! Wo bist du? Hoffentlich geht es dir gut! Warum hast du dich nicht um mich gekümmert? Wir zwei beiden, Baby! Aus uns hätte etwas werden können, aus uns zwei beiden. Lag es am Sex? Na ja … ich weiß, das war … sorry … ich war jung damals, weißt du? Versuch's doch noch mal. Drehen wir noch eine Runde. Nur ein Mal, um der alten Zeiten Willen. Dein Freund? Ach ja … der … ich mag den … super Typ … aber … ich mag den wirklich gern, der ist super … aber … Kann ich bitte mal den Whiskey haben? Und den Joint. Von den Pillen nehme ich auch eine, klar, und ein bisschen Hasch. Essen? Essen. Essen ist prima. Essen braucht man zum Leben, aber nicht jetzt.

#

Ich bin völlig verloren auf meiner Wanderung durch die Wüste meiner Gedankenkrämpfe, tonnenschwer hält die Vergangenheit Gegenwart und Zukunft in wüster Schwebe. Was mache ich hier? Ich soll wieder mit diesen iranischen Rock 'n' Rollern auf Tournee gehen. Eine Tournee bis an die Westküste, und unterwegs kann man sich bestimmt genauso gut eine Weile verstecken wie sonst wo. Manchen von uns ist es offenbar bestimmt, sich abzuplagen in der leeren Wüstenei der erweckten Seelen, wo nicht einmal der Tod Erleichterung bringt oder den Würgegriff lockert. Die Einfachheit der Lösung brich sich Bahn. Die Gleichungen werden in Blitzstrahlen geschrieben, mit so vielen Antworten, wie es Wassertropfen in den Meeren gibt, ohne Zahl wie die Sterne, schwerer als die Masse des erforschten und des unerforschten Universums (oder der Universen), multipliziert mit der Zahl aller Gedanken aller Lebewesen, die je gelebt haben, leben oder noch leben werden. Ewigkeiten wandert man in dieser Wüste allein, und alle Begegnungen mit anderen Wesen sind eingebildet oder echt, sagen lässt es sich nie. Alle bekannten Gesetze, Tatsachen, Lügen Wahrheiten, Fragen und Antworten durchströmen das eigene Sein zugleich, schießen in zufälligen Abständen heraus, und dann löst der Boden unter den Füßen sich auf, und das endlose Schweben im Raum beginnt. Da erwacht man dann aus der einen Wirklichkeit und findet neues Leben in einer anderen, aber da sich in dieser Wüste die Zeit nicht genau bestimmen oder messen lässt, entspricht die Dauer dieser Vorgänge entweder einem Augenzwinkern oder dem vollständigen Abschmelzen eines Gletschers. Alles fällt auf sich selbst zurück.

Auf meinem Gang vorbei an den Bücherständen konnte ich keinen Henry Miller finden. Was? Noch nicht einmal in seinem Viertel, in Williamsburg, Brooklyn, nicht einmal im alten 14. Bezirk? Aber vielleicht werden die Bücher ja auch blitzschnell weggekauft, sobald sie auf den Tischen liegen oder in den Regalen stehen. Kann man nicht sagen.

#

Unsere Reisepläne sind zurzeit noch sehr vage, vielleicht habe ich aber auch einfach nicht aufgepasst. In zwei Tagen oder vielleicht sogar schon morgen Abreise nach Atlanta. Ich muss Gitarrensaiten kaufen, aber irgendwie schaffe ich es nicht aus diesem Loft und habe kein Geld. Hier herrscht ein einziges Kommen und Gehen. Timmy ist gerade nach Amsterdam geflogen, Dariush ist aus Prag zurück, Gena ist nach Athen gezogen und so weiter. Und der Rest von uns wird jetzt im ganzen Land ausschwärmen.

Was soll ich heute Abend machen? Keine Lust auf Kneipe oder Leutetreffen, den ganzen Abend hier rumsitzen will ich auch nicht. New York, New York, ein paar Tage bin ich noch dein geknickter Gast, dann heißt es für eine Weile Abschied nehmen.

New York ist eine Gemütsverfassung. Das Beste, was die Stadt für dich tun kann, besonders in Amerika, ist das Gefühl, dass es okay ist, als Künstler zu leben, oder wenigstens möglich. Als Künstler leben? Was ist ein Künstler? Ich werde mich jetzt nicht an einer Definition versuchen, muss aber gestehen, dass mir die Frage nicht unvertraut ist. Künstler werden in diesem Land für verrückt gehalten, sogar von anderen sogenannten Künstlern. Was ist es doch für ein Verbrechen, in Amerika Künstler zu sein!

Ein Leben an der Armutsgrenze oder darunter, mit endlosen bedrückenden Kalamitäten, Selbstmordgedanken, schweren Missverständnissen mit anderen Menschen betreffs aller Lebensfragen. Gar nicht zu reden von Billigbier und -whiskey, Einsamkeit, Schmerz, Krankheit, Kummer, Schwermut, Gewissensbissen, Unterernährung, Billigsex, Alk, Tränen, Reue, Scham, Schuldgefühlen, Lastern, Not, Elend, Hochgefühlen, Angeberei, Rückzügen, Vormärschen, Ficken, Lecken, verarscht werden, Pleite, Dauerpleite, manchmal Ruhm, Ruhm für eine Nacht, leeren Versprechungen, Maschinen in Bewegung, alle Räder stehen still, Potenzial, Mädchen, Geld, Sex, Macht, Coolness, Rock 'n' Roll, Hirngespinste, Träume werden wahr, Kunstgalerien, Farbe, Leinwand, Papier, Stift, Computer, Drogen, Alk, Mädchen, Jungen, Typen, Schlampen, Hexen, Nutten, Wichsern, Säufern, Junkies, Yuppies, Reichen, Armen, Managern, Agenten, Mädchen, Mädchen, Mädchen, blond, braun, Haare, Klamotten, Gitarren,

Schlagzeug, Roadies, selber aufbauen, einen Song schreiben, einen guten Song, einen schlechten Song, einen Scheißsong, verkauft sich eine Million Mal, Youtube-Hit, »MTV zeigt keine Musikvideos mehr«, alle machen Musik, Musik ist ein Riesending, Kunst ist ein Riesending, Entertainment ist ein Riesending! War nie riesiger, riesig, Alter, einfach riesig, RIESIG!

Na ja. So darf ich einfach eine Weile nicht mehr denken. Hoffentlich kann ich mich langsam von einem bestimmten Begriff von Identität und Existenz in der modernen Gesellschaft lösen. Zu viel Lärm im Loft jetzt, die Kids gucken Youtube, ein Nachbar isst einen der Hamburger, die sie gemacht haben, ich bin stimmungsmäßig nicht gut drauf, ich bin stoned und betrunken, schon wieder. Da gibt es nicht viel zu berichten. Wenn ihr wissen wollt, was irgendwo läuft, wenn ihr wissen wollt, was irgendwo los ist, dann fahrt hin und bleibt ein bisschen dort. Ich wünschte, ich würde irgendwo hinfahren (Paris, London, Asunción, Tokio, Arles, Casablanca, Nairobi usw.) und ein bisschen Zeit dort verbringen, stattdessen muss ich meine Zelte in den nächsten paar Monaten dort aufschlagen, wo diese verrückten iranischen Rock 'n' Roller mich hinschleifen. Gott/Universum/Mutter Erde, rette uns!

New York war es, wo ich ernsthaft zu schreiben begonnen habe. In dieser Wohnung auf der Upper West Side, ach so geschmackvoll eingerichtet mit alten Möbeln und Skulpturen. Manas schwuler alter Onkel, der schon lange nach Tunesien gezogen war, hatte an Orten wie Laos, Marokko, Nigeria jedes Stück persönlich ausgesucht und gekauft. Außerdem gab es viele Gemälde und große wuchernde Pflanzen, die der Vierzimmerwohnung Leben einhauchten. In der

Dienstbotenkammer, in der ich schlief, griff ich sofort zur Feder. Wie romantisch das alles war, mit Jazzuntermalung, dieser allererste Morgen, als die Sonne sich langsam über den alten Häusern erhob. In meiner ersten Woche in der Stadt machte ich kein Auge zu, sah jeden Morgen die Sonne aufgehen, schrieb in der U-Bahn, im Park, auf Eingangstreppen, damals waren es vor allem Songs, aber auch etwas Prosa war darunter.

Das war eine neue Welt, und sie stand mir weit offen. Ich kann mich noch an die vielen älteren iranischen Künstler erinnern, die Manas Eltern kannten. Die meisten waren in den späten Siebzigern und frühen Achtzigern rübergekommen. Sie hatten alles richtig gemacht, Wurzeln geschlagen und sich nicht vom Fleck gerührt, einige waren zu Wohlstand gekommen, einige stammten aus reichen Familien. Da gab es den schwulen assyrischen Lyriker und Dramatiker mit einem Gesicht wie Hemingway, der ein samtweiches feines Englisch mit Granatapfelduft sprach, wie ich es noch nie gehört hatte, einen gerne *daaahling* nannte und bei jeder Gelegenheit von Jesus sprach. Dieser scharfe assyrische Schwule mit einem roten Feuerkopf wie Assurbanipal und einer Wampe wie Sokrates war in den späten Siebzigern reich gewesen, weil sein Auto in die Luft geflogen war und er den Prozess gewonnen hatte.

»Die tüchtigeren meiner Freunde rieten mir, meine Million in Immobilien zu investieren: *Daaahling,* warum kaufst du dir kein Haus?, fragten sie. Ich war mit meinen Theaterstücken beschäftigt und fand ihr Bild von mir sofort verstörend. Mein Widerwillen war total. Was? Ich?, habe ich sie ungläubig gefragt, das soll wohl ein Witz sein. Ein Vermieter? Ich bin Künstler, *daaahling.* Könnt ihr euch vorstellen, dass ich bei naiven armen Menschen die Miete kassiere? In einem Jahr wäre ich bankrott.«

Bankrott ging er natürlich trotzdem, arbeitete im Alter bei Starbucks und lebte in einem Obdachlosenheim in der Bronx, trat aber immer noch mit seinen legendären Solostücken auf. Seine Bühnenpräsenz war berückend und seine Stimme klang, als käme sie direkt aus der Spalte von Delphi.

Ein paar Filmemacher gab es auch, viele Musiker, Maler und Schriftsteller. Den 4. Juli verbrachten wir immer in einem ihrer Häuser auf Staten Island, gleich am Fähranleger mit gutem Blick auf das Feuerwerk über der ganzen Stadt. Das war ein fröhlicher Haufen, so trinkselig wie ich. Auch ein paar Chefköche waren dabei, es stand immer ein Tisch mit dem besten Essen für alle bereit.

Zuzusehen, wie die Exilanten den amerikanischen Nationalfeiertag begingen, war immer eine seltsame Erfahrung, weil der Zwiespalt ihrer Gefühle so offen zutage trat. Sie sehnten sich alle nach der alten Heimat und der Anerkennung ihrer Landsleute; stattdessen wurden sie nun in einem fremden Land alt, das ihnen die Freiheit garantierte, aber wenig Anerkennung lieferte. Ihre Herzen schlugen noch immer nach dem Schlag der heimatlichen Trommeln aus ihrer Erinnerung.

Und trotzdem fielen sie einander in die Arme, hoben die Gläser auf das Feuerwerk und sangen fröhliche Lieder. Wenn sie einander zu Grabe trugen, rezitierten sie Gedichte und riefen sich die besten Eigenschaften des Verstorbenen in Erinnerung. An ein paar dieser Beerdigungen nahm ich teil und bekam ein Gefühl für die Exklusivität, an der sie sich festhielten. Sie waren die Fackelträger, und von uns Jungen war keiner dieser Aufgabe würdig. Sie waren die Generation, die alles verloren hatte, die entwurzelt und durch die Mangel gedreht worden war. Wir, die Jungen, hatten in ihren Augen nie etwas verloren, da wir uns im Iran ja noch gar nichts verdient hatten.

Schwer hingen in dieser Wohnung auf der Upper West Side am anderen Ende der Stadt der Widerhall der Stimmen und die Beschwörungen der Künstler von damals in der Luft.

»Wisst ihr denn nicht, dass Lee J. Cobb im *Tod eines Handlungsreisenden* der Beste aller Zeiten war? Und dass Tallulah Bankhead Marlon Brando ficken wollte? Dass Monty Clift in *The Searching Wind* von Lillian Hellman der Wahnsinn war … und was ist mit Paul Robeson als Othello? Unglaublich! Und *The Big Knife* von Clifford Odets …«

Und weiter, in die Sechziger jetzt, »Al Pacino in *The Indian Wants the Bronx*? Mein Gott, ein Genie, geh in die New Yorker Stadtbibliothek, in der Zentralstelle kannst du dir auf Anfrage das Video ansehen, ein Genie, ein Genie!« Nebenan geht es zwischen Diskussionen über Politik und Soziologie auch um Musik: »Habt ihr Arthur Rubinsteins Aufnahme von Manuel de Fallas *Feuertanz* gehört? Danach ist man ein anderer Mensch.« Und irgendein junges Gitarrenwunder von der Julliard spielt ein Stück, umgeben von Wein trinkenden Menschen, die ihre Schatten an die Wand werfen. »An Yehudi Menuhin kommt auf der Violine keiner heran … Ich liebe Toscanini … *Ich* verstehe nichts von John Cage?«

Die Schatten tanzen an den holzverschalten Wänden des Wohnzimmers. Weiter hinten lachen die Raucher, der Rauch steigt auf und kräuselt sich, noch mehr Schatten, die Gemälde hinter ihnen bilden vor der honigfarbenen Textiltapete eine neue Dimension. Auf einem elegant geschwungenen Möbel vor purpurroten Vorhängen, hinter einer Marmorsäule mit einer Vase in Königsblau, einem Kandelaber und einigen Obstschalen darauf, fläzt sich ein Professor der New York University und redet streitlustig über Sex im 16. Jahrhundert.

Das war irgendwie alles ganz normal. Und was war mit Rodgers und Hammerstein? Anwesend. Ethel Merman? Ebenfalls anwesend. Eartha Kitt, Lester Young, Charlie Parker, Bette Davis, Marilyn, o Marylin! Alle waren sie dabei, im Geiste und in den Gesprächen. Einstein und Rabelais, Nietzsche und Rumi, Maria Tallchief und Balanchine, Basquiat und Vermeer.

Irgendwer erzählt irgendwem vom alten Patagonien-Express, einer verflucht das iranische Regime, ein anderer das amerikanische Regime. Ein magischer trunkener Wirbel, der sich von Tag zu Tag schneller dreht. Von leeren Eingeweiden zu somatischem Gewebe, aus unerforschten Tiefen ins Altvertraute, Bekannte, Unleugbare. Im einen Zimmer erhebt sich präkambrisches Feldgestein aus der Erde, in einem anderen sind es Mangroven und Palmen, Azaleen, mächtige Eichen mit riesigen Kronen, Papayas, Kräuselmyrten. Menschen stehen in den Hochlandsteppen und rufen jene an, die in den Wüsten umherirren, deuten auf bewaldete Berge und Weideland mit grasendem Vieh. Da bin ich, meine Vestibularimpulse sind völlig abgestorben, ich weiß nicht, ob ich schwebe oder festen Boden unter den Füßen habe, und frage mich, wo die ganzen Telefonzellen hin sind und die langen glänzenden Cadillacs, wo sind die Schreibmaschinen geblieben? Ist in dieser saturierten Geisterstadt für Künstler noch Platz? Mir schmerzt der Kopf und mir wird wieder schwindelig. Ich bin ein Immigrant, der in der Endgültigkeit des Immigrantendaseins absäuft und keine Reißzähne hat, mit denen er sich ein schönes saftiges Stück aus dem Fleisch Amerikas reißen könnte. In meinem müden Kopf dotzen die amerikanischen Wohlstandsträume herum, aber sie bleiben nicht an den schleimigen Wänden kleben. Wo sind all die Lieder hin? Wo ist die Poesie? Nichts ist mehr, wie es war, logischerweise. Die Zeiten ändern sich, mein Junge, geh mit der Zeit, ohne zu klagen, das sage ich mir immer wieder, mit einem Glas Scotch auf Eis in der Hand.

Aber das ist lange her. Inzwischen war ich an den Niagarafällen, und die mystischen tödlichen Wasser haben mich hypnotisiert, ich habe ein Stück meiner Seele dort gelassen. In ganz Amerika habe ich kleine Stücke meiner Seele verteilt, sie in kleinen Städten und am Straßenrand gebunkert, um sie wieder einsammeln zu können, falls es nötig werden sollte. Wisst ihr nicht, dass in New York die Party niemals aufhört? Ich habe Partys satt, man bekommt nie ein Gespräch zustande. In den Zügen war ich, den Flugzeugen, den Bussen, den Autos, was nun, was nun?

Die Tournee

Die Tournee lief gut, bis wir in L.A. ankamen und alles den Bach runterging. Was ist nur los mit dieser gottverlassenen Stadt? Was treibt die Menschen dort, sich so zu benehmen? Der Auftritt war ganz okay, aber die nächsten Tage gingen mit Aufreißversuchen und Opiumrauchen dahin, zwei Dinge, die wahrlich nicht zusammenpassen. Auf Opium geht einem nun wirklich alles am Arsch vorbei. Das Begehren ist noch da, aber sobald ein Misserfolg sich auch nur leise andeutet, zieht man sich ins seelische Schneckenhaus zurück, wo man in aller Behaglichkeit verzweifeln kann, vorausgesetzt, dass es Opiumnachschub gibt.

Das mit dem Sex lasse ich jetzt erst mal. Zu kompliziert, wenn man dauernd fünf andere Typen um sich herum hat. Vier dauergeile Musiker und einen noch dauergeileren Manager. Meistens habe ich bei einem der bestaussehenden Mädchen eine Chance, aber dann verspiele ich sie irgendwie wieder. Mir ist der Killerinstinkt abhandengekommen. Unter den anderen gibt es richtige Fickmaschinen. Koli war in achtundvierzig Stunden lang mit drei verschiedenen Frauen im Bett und hat es geschafft, zwischendurch noch Opium zu rauchen. Die erste war eine reiche Witwe mit einem Riesenhaus in den Hollywood Hills. Sie lud uns in ihre Villa ein, wo weitere paarungsbereite »Ladys« uns beglückt und offenherzig erwarteten, so vorurteilsfrei, wie man es sich als Rock-'n'-Roll-Musiker von Mädchen und Frauen nur wünschen kann. Ich fixierte mich sofort auf eine langbeinige dunkelhaarige Sirene, die, wie sich bald erweisen sollte, Sackhüpffetischistin war.

»Draufschlagen! Fester! Der Sack muss mich treffen, mach schon! Kannst du mich nicht treffen?«, schrie sie immerzu. Draufschlagen konnte ich schon, sie aber nicht so treffen, wie sie wollte. Da kann man nichts machen. Sie hatte mich offenbar trotzdem gerne weiter um sich, aber als das Koks kam und ich mich voll darauf stürzte, zupfte ihre Freundin sie dauernd am Rocksaum und wollte gehen. Es gibt ja immer eine Freundin, die allen den Spaß verdirbt. Siamak hatte ein Mädchen und Manuchehr auch, aber der Manager war wie gelähmt, also beschlossen wir, zum Sonnenaufgang an den Strand zu fahren. Unterwegs machten sich, wie so oft, meine Gedanken selbstständig. Aus irgendeinem Grund musste ich an Amber denken.

Amber war mir vor ein paar Jahren auf dem Highway

begegnet, sie war mit einer Freundin unterwegs. Mein alter Kumpel Jake und ich waren auf Tour, fuhren durch Kansas und waren eben von einem durchgeknallten Cop mit SS-Frisur und stechendem Naziblick angehalten und gründlich durchsucht worden. Wenn dieses Arschloch genau genug hingesehen hätte, wäre es auf alles Mögliche gestoßen, aber was kann man von einem verblödeten Deutschbullen schon erwarten? Man muss nicht extra betonen, dass wir nicht so tolle Laune hatten, aber plötzlich fuhr neben uns ein Auto, und kurz darauf setzte Jake mich davon in Kenntnis, bei den Insassen des betreffenden Fahrzeuges handele es sich um zwei gutaussehende Frauen. Frauen waren mir gerade völlig egal, auf unserer Reise hatte es reichlich gegeben, heimtückische junge Hexen, alte Zauberinnen, Studentinnen, Mütter, Freundinnen, alte Unabhängigkeitskämpferinnen, planerfüllende Nutten, Schlampen, Schnallen, neckische Naive, Wildkatzen, lustige Witwen, Säuferinnen, heimliche Lesben, hawaiianische Hebammen, Krankenschwestern, Anwältinnen, Malerinnen, Mitarbeiterinnen von Kongressabgeordneten, Stripperinnen, Pole-Dancing-Spezialistinnen, Bohémiens, Yuppies, Yippiehs, Hippies, Honkies, Hipsterinnen, Kreischerinnen, Stöhnerinnen, stille Naturen, dünn, üppig, blond, braun, rothaarig. Nicht dass wir bei allen zum Schuss gekommen wären, aber fast.

Sechsunddreißig Städte in zweiundvierzig Tagen, als Vorgruppe für eine Art Ikone. Von Küste zu Küste, von Nord nach Süd, von rechts nach links, der Rock-'n'-Roll-Traum. Reinster Wahnsinn, der sich am Ende zu etwas völlig Unkontrollierbarem ausgewachsen hatte. Wir hatten Berge überquert, Flüsse, Schluchten, Canyons, Brücken, hatten Gewitter, Überschwemmungen, Geisterstädte erlebt. Hatten in Fünfsternehotels geschlafen, in versifften Motels, seltsamen Wohnungen, auf schmierigem Linoleum, Parkett, Gras, Schotter, Lehm. Tiere waren wir geworden, Jake und ich.

Was an Unschuld noch übrig war, lag tief in uns begraben. Wir hatten uns in Politiker verwandelt, in Pfandleiher, Pragmatiker, Abzocker, Wanderer in der Nacht, mutierte Methodiker, die mit den Schrecken unserer freien Marktwirtschaft rangen, so schien es jedenfalls.

Ich beschloss, einen Blick hinüberzuwerfen, und siehe, mein schwedischer Trockenfischfresserfreund, immer unter Dampf, er hatte recht. Die beiden waren wirklich klasse, eine Blonde und eine Brünette, skandinavischer Abstammung vermutlich. Noch ein paar Meilen, noch ein paar Blicke, und schon wurden mithilfe des alten Filzer-auf-Papier-Tricks Telefonnummern ausgetauscht. Wir beschlossen, an der nächsten Raststätte zu halten, die dann ziemlich spät kam und sich als Souvenirladen amerikanischer Ureinwohner entpuppte. Sobald wir ausgestiegen waren, war alles klar.

Amber war Hobbyfotografin und ihre Freundin Sara Hobbymusikerin. Sie kamen aus Las Vegas und waren nach Austin unterwegs, wo sie ihre Sachen packen wollten, um nach Los Angeles zu ziehen. Sara hatte die längste Zeit der Woche damit zugebracht, irgendeinen reichen Typen in Vegas halbtot zu ficken, und Amber hatte zugesehen und mitgemacht, wenn sie in Stimmung kam. Amber stand auf S&M, wie mir klar wurde, als sie im Ureinwohnerladen eine schwarze Lederpeitsche entdeckte und mich damit schlug, eher fest, auf Arsch und Rücken, wozu sie sadistisch lachte. Jake und mir blieb nichts anderes übrig, als zum nächsten Motel weiterzubrettern, um von diesen wilden Vamps das eine oder andere zu lernen.

Wir hatten kaum Geld, hatten mit den letzten Auftritten nichts verdient, und der Plan war, im Laster zu schlafen, aber scheiß drauf, dann würden wir morgen eben nichts essen. Diese Mädchen waren an den reichen Typen in Vegas gewöhnt, wir mussten also die »Harter Sex im Billigmotel«-Karte ausspielen. Sie bestanden auf ein eigenes Zimmer, und bald kam es zur Pärchenbildung. Auf dem Zimmer holte ich sofort eine halbvolle Flasche Whiskey und ein paar Hydrocodon. Die Mädchen hatten ein bisschen Koks, das wir als Zwischenspiel nahmen.

Es war nicht so sehr der Sex, an den ich auf der Fahrt zum Strand mit dem Manager dachte, sondern wie bereitwillig ich mich darauf eingelassen hatte. Wie locker ich meine Freundin betrog und zum Schwindler wurde. Da hatte sich viel aufgestaut, und als die Schleusentore einmal offen standen, gab es kein Halten mehr. Eine Frau muss immer dafür sorgen, dass ihr Mann sich wie ein echter Mann fühlt, sonst läuft es nicht. Männer sind dumm und meistens muss man sie wie Kinder behandeln. Amber gab mir das Gefühl, ein echter Mann zu sein. Sie stand gar nicht so sehr auf S&M, sie war einfach ein Mädchen auf der Suche nach einer schönen Nacht in der Pampa. Als wir fertig waren, lag sie neben mir und wollte kuscheln.

»Hör mal, Amber … ich schlafe lieber drüben, ich schau mal nach, ob sie fertig sind.«

»Wie bitte? Warum schläfst du nicht hier?«

»Na ja … da geht es mir, äh …«

»Du hast eine Freundin, oder?«, sagte sie.

»Äh … ja.«

»Wusste ich's doch! Okay, versteh schon … will sagen, ja, mach nur … aber nicht ohne Abschied abhauen, versprochen?«

Am nächsten Morgen zogen wir in aller Herrgottsfrühe heimlich davon. Mana rief von der Arbeit daheim in New York an und wir redeten, als wäre alles normal. Bin ich ein Ungeheuer? Was ist ein Ungeheuer? Ein Lügner, ja. Ein Schwindler, ja. Ein Scharlatan, ja. Wie konnte ich meiner Freundin nur in die Augen sehen und sie anlügen, immer und immer wieder? Ich schrieb es dem Unbefriedigtsein zu und dem Gesetz, nach dem man seine Schuld bei sich behalten muss und nicht in der Gegend abladen darf. Keine Ahnung. Das ergab alles keinen Sinn mehr. Mit jedem Tag fühlte ich mich weiter entfernt von einer erfüllenden Beziehung mit einer Frau, und das hielt ich wahrlich für das Ende der Welt.

Ich hing in der Luft, irgendwo zwischen Fantasterei und Wirklichkeit. Ein Vollidiot auf der Jagd nach Dingen, die er nicht bekommen kann, ein Masochist, Nonkonformist, Lügner, Schwindler, eine Nutte, ein Gespenst, eine leere Hülle, ein Junkie, Kiffer, Kokser, Speedfreak, Pillenwerfer, Säufer, Lustmolch, isoliert, allein. Künstler?

Bei unseren New Yorker Auftritten dieser Tournee merkte ich, wie das Wetter umschlug; all den Freunden, Plattenlabeltypen, PR-Leuten, Agenten und Managern stand plötzlich die Angst ins Gesicht geschrieben. Was geht denn bei dem ab, schienen sie alle zu denken. Soll das ein Witz sein? Was treibt er da? Sie waren mir inzwischen alle egal. Es war mir egal, ob sie in den East River sprangen oder in den Hudson. Was wussten die schon? Nichts wussten sie. Ich hatte mit denen sowieso schon eine Weile nicht mehr richtig reden können. Unsere Geschmäcker waren so verschieden. Sie aalten sich alle in Kommerz und Konformismus.

Mana versuchte bestimmt, mich aufzumuntern, so gut sie konnte, aber das war nicht gerade ihre große Stärke. Bei uns hatte verschärfter Zerfall eingesetzt. Unsere Scheißwohnung in Brooklyn fühlte sich immer mehr wie eine Gruft an. Die andere Tournee, für die ich gebucht war, löste sich in Luft auf und ich war wieder mal pleite. Die kommenden sechs Monate rauchte ich wie ein Schlot, warf alle Pillen ein, die ich in die Finger bekam, und soff dazu. Ich muss ein paar Songs geschrieben und aufgenommen haben, ein paar Gigs in der Stadt gehabt und auch auf ein paar Festivals gespielt haben, aber ich kann mich nur noch nebelhaft daran erinnern. Hauptsächlich war ich am Verrecken, langsam, das schon, aber trotzdem am Verrecken.

Dallas

Und dann kam gleich der Totalcrash der Beziehung und ich war wieder in Dallas. Hing mit den alten Freunden rum, fuhr die gleichen gespenstischen toten Straßen ab.

Der Ballungsraum Dallas/Fort Worth, wie man das nennt, war in meinen Augen eine riesige seelenlose, verfallende höllische Wüstenei voller Dumpfköpfe und Deppen. Seit ich der Stadt entkommen war, kam ich nur noch auf Familienbesuch, traf manchmal Freunde und hatte ein, zwei Auftritte. (Ein Refugium gibt es in D-Town, und zwar das Studio meines alten Kumpels Jake. Ein Bastler, das Traumland für Analog-Freaks; jeder alte Synthesizer, der einem einfällt, Orgeln, Keyboards usw.)

Ein Blick in die Landschaft, und schon kam es mir wieder hoch. »Big D« war der Einstieg in einen Tod in völliger Verlassenheit, eine Passage an den Ort, wo Träume geschreddert und zu glitzernden Lügen recycelt werden, die man an die unersättlichen Sklavenheere verfüttert. Eine widerliche Stadt, auf Kommerz und Machtstreben gebaut. Die man nur ein paar Tage auf einmal ertragen konnte, und das nur wenn man musste; leider war sie auch die Heimat meiner Familie, und damals brauchte ich Familie. Und Arbeit brauchte ich auch.

»Ich kann dir einen Job in einem Frühstücksladen besorgen«, sagt mein alter Highschool-Kumpel Fernando. Bei dem ganzen Geld, das er angeblich macht, frage ich mich, warum er nicht einfach ein paar Scheine von seinem Bündel pellt und mich durchfüttert.

»Mann, Alter … Kellnern ist wirklich das Letzte, was ich brauche«, sage ich.

»Ich weiß, ich weiß. Nur bis du was anderes hast.«

»Mhmm … hoffentlich, da draußen ist im Augenblick nichts zu haben.«

»Okay, ich rede mit meinem Freund. Ich kann das bestimmt klarmachen, keine Angst.«

Dann muss ich ja keine Angst haben. Warum, alter Freund, können wir nicht als Männer etwas aufziehen? Wir sind schließlich Männer und dies ist Amerika. Wo ist unser Piniergeist? Worauf er zu Recht erwidern könnte: »Meinem Pioniergeist geht's super, du Nase, jetzt geh mal Kohle machen, dann reden wir weiter.«

Ein paar Tage später habe ich den Job. Tag wird Nacht und wieder Tag. Dann sitzen Fernando und ich in einer Bar um die Ecke, geplant, gebaut und eingerichtet für Studenten der Kunst des Stumpfsinns, und er sagt:

»Was ist los mit den Girls? Die hat so interessiert getan, hat mich angequatscht, mir ihre Nummer gegeben. Ich hab ihr gesimst und nach zwei Sekunden war die Antwort da. Dauernd sagt sie, lass uns was machen, wir müssen zusammen weggehen, und dann das. Sieh dir das an.« Er zeigt mir die SMS auf seinem iPhone. Sehr kühl und reserviert. So was wie »Danke sehr nett von dir, aber das ist für mich gerade der falsche Moment …«

»Scheiße, was soll das heißen? Der falsche Moment für was? Scheiße, was denkt die denn, dass ich sie heiraten will?«, fragt Fernando.

»Alter, hat die sich nicht gerade scheiden lassen, hast du nicht so was erzählt?«, frage ich.

»Schon, aber ich weiß nicht, wie lange das her ist. Diese verschreckten Hühner. Ich checke gar nichts mehr. Sollen sie ihre Nummern doch gleich für sich behalten. Dann verschwende ich nicht meine Zeit.«

»Ich weiß. Vergiss es. Diese Stadt … Alter … ich weiß auch nicht«, murmele ich zur Antwort. Ich bin selber fickrig und brauche einen Touch Frau. Hier in der Bar gibt es ein paar hübsche Cocktailkellnerinnen, aber die scheinen alle mehr auf Fernandos Stil und Eleganz zu stehen. Da wird nichts laufen.

Mit Drogen hat Fernando nichts am Hut, Mann, der Typ nimmt nicht mal Kopfschmerzmittel. Wie viele meiner anderen alten Highschool-Kumpel war er inzwischen ein erfolgreicher Geschäftsmann. Mit eigenem Haus, teurem Auto, Scheidung und ein paar Kindern. Ich will hier nicht die ganze Nacht verbringen, die Leute gefallen mir nicht, die Musik aus der digitalen Jukebox mag ich auch nicht, alles riecht nach Fernsehwerbung, aber zum Nachhausegehen ist es noch zu früh.

»Worauf hast du Bock?«, frage ich.

»Keine Ahnung, Mann, ich bin irgendwie müde«, sagt Fernando.

»Ja, morgen hast du bestimmt viel um die Ohren, was?«

»Ich habe immer viel um die Ohren, Alter. Und dann habe ich morgen auch noch die Kinder ...«

»Na, dann trinken wir das Bier aus, und nichts wie raus hier«, sage ich und denke mir, dass er noch von gestern Abend müde sein muss. Wir waren in einem Stripclub auf der schmierigen Seite der Stadt, hatten Drinks vor uns stehen und warteten, dass sein Lieblingsgirl von der Bühne kommt und solo für ihn tanzt. Mein Lieblingsgirl rieb ihren Arsch an irgendeinem älteren Typen, der nach Geld aussah, mit einem Zwölf-Zylinder-Benz wahrscheinlich und Großgrundbesitz in der ganzen Republik Texas. In der Luft hing dieser sehr spezielle Nacktlokal-Duft, die Musik war laut, im Trockeneisnebel von der Bühne blitzten grün und rot die Scheinwerfer auf.

Zuhören tue ich Stripperinnen genauso gerne wie zusehen. Irgendwie wollen sie mir immer ihr Leben erzählen, und immer kommt dieselbe alte Geschichte: Schläge, Missbrauch, Teenie-Schwangerschaft, Selbsterhaltung, alleinerziehende Mutter, Drogen, Alk, ganz wenig Hoffnung und wie der Dauerstress an den Synapsen nagt. Es gibt diese paar »Exotik-Tänzerinnen«, die der Arbeit ein Studium abtrotzen, aber das sind Ausnahmen. Natürlich enden die Geschichten alle mit »Soll ich jetzt für dich tanzen, oder was?«, aber hey, die Mädchen müssen Kohle machen, nur deshalb reden wir ja, und wer bin ich, dass ich mich der freien Marktwirtschaft in den Weg stelle? Ich höre mir ihre Schauermärchen aufmerksam an, sage ein paar aufbauende Worte und versuche, ein mustergültiger Kunde zu sein.

Ich sitze jetzt am Steuer, Fernando ist nach Hause gegangen, ich habe schon meinen alten Druggiefreund Joe angerufen und wir sind in einer Bar in Addison verabredet, in einem Vorort von Dallas. Ich gehe jetzt in die Bar, einer der wenigen Orte, an denen man hier noch Zigaretten rauchen darf, und so stinkt es auch. Joe steht am Tresen.

»Hey, Alter!«, ruft er in meine Richtung.

»Was geht, Joey?«, rufe ich zurück.

»Ach, nichts, Alter. Bier gefällig?«

»Klar … hast du schon angerufen?«

»Logisch, trink dein Bier. Das schaffen wir locker.«

Ich arbeite an meinem Bier, rauche eine Zigarette und sehe mich in dem Laden um. Dieselben alten müden Gesichter, ein paar öde Tussen, Typen am Billardtisch, ein paar hübsche Mädchen, die von einer Kampfsportgruppe Männer belagert werden, aus der Jukebox die Rolling Stones. Jetzt sitzen wir in Joes Auto, er spielt mir seine neue Aufnahme vor, klingt okay, aber die Texte sind schwer zu verstehen, wir haben ein bisschen Gras aus seiner Pfeife geraucht und fahren um die Ecke zu dem Mann, der gerade das beste Zeug der Gegend hat. Man ruft ihn an, geht in das Restaurant, in dem er arbeitet, wartet auf dem Klo auf ihn, und nach ein paar Minuten marschiert man mit Kokain vom Feinsten wieder raus.

Wir fahren hinter den Laden, wo es dunkler ist, und ziehen uns ein paar gigantische Linien von einer CD-Hülle. Jetzt geht es uns richtig gut, wir sind voll einsatzbereit und wollen in die Stadt. Joe und ich haben uns in der letzten Zeit enger angefreundet. Wir sind gleich alt, Musiker, und wohnen beide bei unseren Eltern. Er hat das mit der Musik aber nie durchgezogen, gelegentlich ein paar Auftritte in Dallas und Umgebung, zeit zehn Jahren erzählt er, dass er nach Deutschland ziehen will, weil er echtes Krautblut von beiden Seiten der Familie hat und eine Krautbürgerschaft, aber er kriegt nie den Absprung.

Wir schmieden heute Abend keine teuflischen Pläne. Bloß Kokain, Alk und Pillen, ganz normal. Das andere ist nicht so wichtig. Wir erreichen unser erstes Ziel, eine düstere, grottige Absturzkneipe am Rand der Innenstadt, gehen zum Barkeeper und bestellen.

»Gib mir noch was«, sage ich zu Joe, er steckt mir das Tütchen zu, dass er in einem Streichholzbrief versteckt hat, und ich gehe zum Nasepudern aufs Klo. Das Zeug muss zerstoßen werden. Der Schlüssel, den ich dazu nehme, ist der vom Nissan meiner Mutter. Was ist bloß aus dir geworden?, frage ich mein Spiegelbild, dann gehe ich wieder raus.

Joe redet mit einem Mädchen, ich will ihn nicht stören, lehne mich an den Tresen und sehe mich um. In meinem Kopf rast es und ich wünschte, es gäbe irgendwo hinten ein Klavier, dass ich spielen könnte. Meine Sinnesorgane sind entweder auf Überlast oder völlig tot. Mein Okzipitallappen pocht. Rasch übernimmt die Thalamusregion meines Gehirns die Führung, während die linke Hirnhälfte verzweifelt versucht, die Kontrolle zu behalten. Werden Chaos und Verwirrung heute Nacht obsiegen?, frage ich mich, während mir aus irgendeinem seltsamen Grund Bilder der Great Smokey Mountains und des Allegheny River durch den Kopf ziehen. Plötzlich verspüre ich das Bedürfnis, in einen Fluss zu springen und mich zu reinigen.

Ein Freund hat mir mal vom Devils River erzählt. Wie unberührt das Wasser dort sei, »sauber wie im Swimmingpool«, hat er gesagt. In meiner Wirbelsäule fängt es an zu jucken, aber ich weiß, dass ich mich dort unmöglich kratzen kann. Wenigstens mein vegetatives Nervensystem scheint rund zu laufen. Meine Nervenenden scheiden eine chemische Verbindung aus, mein Verdauungstrakt arbeitet verlangsamt, Atemfrequenz und Puls sind natürlich beschleunigt.

»Wie heißt du?«

»Wie bitte?«, frage ich in Richtung Stimme.

»Wie heißt du gleich wieder?« Eine Frauenstimme, von links.

»Wie ich heiße? Amon.«

»Amon? Ach wirklich?«

»Mhmm, na ja, ein Sünder bin ich bestimmt. Wie heißt du?«

»Stephanie.«

»Wow, wunderschöner Name.«

»Echt? Findest du?«, sagt sie sarkastisch.

»Klar!«

»Kennst du mich nicht mehr, Ali?«

»Klar, Stephanie von gerade eben.«

»Nein, du Irrer, ich bin eine Freundin von Jake. Wir haben uns letztes Jahr kennengelernt, als ihr auf Tour wart. Im House of Blues.«

»Ach ja … haben wir nicht zusammen Schlachtlieder der Nordstaaten gesungen?«

»Auf keinen Fall, ich singe keine Yankee-Lieder, hörst du nicht, was ich für einen Akzent habe?«

»Doch doch … Und was trinkst du, Mädchen?«

»Bier, aber ich hab noch eins. Was machst du hier? Hast du einen Auftritt?«

»Aber sicher, einen ganz langen. Dieses Stück, an dem ich gearbeitet habe. Es heißt *Tag wird Nacht und wieder Tag.*«

»Ach so, verstehe, ganz was Modernes. In Teil zwei kannst du ja Monate und Jahre draus machen.« Sie starrt jetzt ins Leere.

»Wow, du hast mich durchschaut, Stephanie! Willst du meine Managerin werden?«

»Nein, das ist nicht das, was ich mit Musikern mache.«

»Ach, scheiß drauf, Mädchen! Wir schaffen es bis ganz nach oben, du und ich! Ganz nach oben, garantiert!«

»Okay, na gut. Sollen wir drauf anstoßen?«

»Eine hervorragende Idee, schöne Frau. Aber diese fruchtigen Sachen trinke ich nicht. Wie wäre es mit Whiskey?«

»Klingt gut«, sagt sie und gibt dem Barkeeper einen Wink mit dem Kopf. Der Mann hinter dem Tresen scheint Bescheid zu wissen und schenkt uns schnell zwei Gläser ein. Sie täuscht den Griff zum Geldbeutel nicht einmal an.

»Dann also auf dies oder jenes!«, sage ich und wir kippen den billigen Whiskey runter. Ich erinnere mich allmählich, wie ich Stephanie begegnet bin. Sie hing schon immer in diesem Viertel ab. Jake hat mir Geschichten von ihr erzählt. Früher war sie mal schön. Vor ein paar Jahren fing sie an, Meth zu nehmen, und war eine Weile weg vom Fenster. Weiß Gott, was sie heute treibt. Lässt sich wohl die meiste Zeit in schmutzigen kleinen Kneipen Drinks ausgeben. Wenn man den Kopf im Schraubstock von Alk und Koks hat, in schummrigen Höhlen wie dieser, sieht sie noch immer klasse aus.

»Was geht bei euch Jungs heute Abend?«, fragt sie.

»Ach, nicht viel. Zeit totschlagen.«

»Ach ja? Und sonst?«

»Du weißt schon, was sonst. Willst du auch was?«

»Klar, was habt ihr denn?«

»Gehen wir hinten raus, ich zeig's dir.«

Sie geht voran, durch die Küche auf den leeren Hof. Ich gebe ihr was. »Da hast du. Viel Spaß.« Sie schnupft es. Ich gebe ihr noch was.

»Und jetzt ins andere Nasenloch«, sage ich.

»Danke, Baby. Wie sehe ich aus?«

»Scharf.«

»Nein, meine Nase«, sagt sie.

»Oh, lass mal sehen … sauber.«

Ich schnupfe auch was, dann gehen wir wieder rein. Joe kommt und will das Tütchen haben. Ich setze mich an den Tresen. Stephanie verschwindet und ich wünsche ihr still alles Gute. Ich höre einen Songtext im Kopf und hätte gerne wieder Notizblock und Stift in der Tasche, so wie früher. Der Rest des Abends verläuft auf dieselbe stumpfsinnige Weise, folgt demselben Muster, und es passiert rein gar nichts. Noch ein paar Kneipen, noch ein paar Gespräche, mehr Drogen und Alk. Auf dem Rückweg wendet plötzlich ein Streifenwagen, der uns entgegenkommt, und fährt uns ein paar Meilen nach. Macht Joe völlig fertig.

»Herrgott, der Arsch sitzt uns direkt auf der Stoßstange. Scheiße, der weiß, was mit uns los ist. Der weiß, dass ich besoffen bin«, sagt er und seine Blicke flackern zwischen Rückspiegel und Straße hin und her.

»Scheiß auf den, einfach weiterfahren, immer geradeaus, ein paar Meilen schneller als erlaubt, und rauf auf den Highway. Was hast du mit dem Koks gemacht?«, frage ich.

»Unter den Sitz geworfen.«

»Okay, einfach locker bleiben. Wir machen hier nichts Böses. Na ja, nichts richtig Böses«, sage ich.

Diese Scheißcops in der Gegend von Dallas fahren einem gerne nach und gucken, ob Du auch nur ein kleines bisschen ins Schlingern kommst. Das gibt denen einen Kick. Wenn er uns rechts ranwinkt, sitzen wir echt in der Scheiße. In Texas ist das kein Witz. Nicht wie in New York, wo es ganz normal ist, dass man schlingert und plötzlich schneller oder langsamer fährt. In dieser Stadt fährt man besser wie eine Oma, besonders als Junkie.

Schließlich schaffen wir es bis auf den Highway und der Cop lässt uns ziehen. Joe setzt mich am Auto meiner Mutter ab und sagt auf seine distanzierte deutsche Art gute Nacht. Ich setze mich ans Steuer, fahre los und versuche, das Auto so gut wie möglich in der Spur zu halten. Sehr seltsam, wieder durch die alten Straßen zu fahren. Vollsynchron reisen: Man ist an den gleichen Orten wie früher. »Da haben June und ich uns das erste Mal geküsst. Da hat früher ihre Mutter gewohnt.« Überall Geister der Vergangenheit, an jeder Ecke Trugbilder aus der Erinnerung. Bin ich der Wiedergänger? Irgendwie bin ich sehr klar im Kopf. Mir ist, als könnte ich in jedes Haus blicken, an dem ich vorbeikomme, und die Mienen der Bewohner studieren. Ein Vorstadthaus nach dem anderen voller schlafender Menschenseelen, die von Sicherheit träumen, von Macht, Liebe, Schreckenswelten, Geld, flotten Dreiern mit ganz jungen Dingern, Sport, riesigen Gehaltserhöhungen, Beförderungen, vom Fremdgehen, größeren Swimmingpools, schnelleren Autos, Gott, Ungeheuern, Fernsehshows, Fernsehwerbung … Nirgendwo ein sicherer Unterschlupf in Sicht. Ich gelange zu der bitteren Einsicht, dass ich, selbst wenn ich tatsächlich einen Unterschlupf fände, dort viel länger bleiben müsste, als der Gastgeber mich lassen würde.

Irgendwo am hintersten Ende eines Viertels, durch das ich komme, sitzt in einem dunklen Haus in der Ecke einer frisch renovierten Küche ein Mann und starrt aus dem Fenster. Er sitzt am Tisch und stützt den Kopf in eine Hand. Im Ehebett im Schlafzimmer schlafen Frau und Kind. Der Vollmond scheint unnatürlich hell und spiegelt sich in der verchromten Pistole in seiner Hand. Langsam steht er auf und geht ins Schlafzimmer. Im Haus sieht es aus wie im Katalog eines teuren Möbelgeschäfts. Er betrachtet seine schlafende Familie. Seine Frau probiert eine neue Diät aus und hat abgenommen. Seine Tochter wird in einer Woche fünf; bei ihr wurden schon sechs verschiedene Krankheiten festgestellt, gegen die sie sieben verschiedene Medikamente nimmt. Es gibt keinen Grund, denkt er bei sich. Ich will es einfach tun, mehr nicht. Mit diesem letzten Gedanken im Kopf geht er ins Bad und schließt die Tür ab. Das Bad sieht endlich genau so aus, wie seine Frau es sich immer gewünscht hatte. Ein paar Minuten lang wird es im Traumhaus noch still sein, dann werden Frau und Tochter des Mannes von einem lauten Schuss geweckt.

#

Irgendwie bin ich tags darauf aufgewacht, habe mich angezogen und bin zur Arbeit gefahren. Ich bediene, ein Diener bin ich. Ich nehme Bestellungen auf, führe Befehle aus, das ist mein Lebensunterhalt. Liefere diesen Elefanten Schmalz und Fett, diesen aufgedunsenen Säcken, die sich das alles reinschaufeln. Ich schenke Kaffee und Cola nach. Ich bin ein Zoowärter und es ist Fütterungszeit. Jeden Scheißmorgen klopfen diese Nilpferde in aller Herrgottsfrühe noch vor Sonnenaufgang an die Tür. »Guten Morgen!« – Was soll daran gut sein, Arschgesicht? Ich arbeite hier jetzt schon einen Monat. Ich hatte mir geschworen, nie wieder zu kellnern, und das war vor zehn Jahren, als ich in dem Restaurant mit Blick auf den Van Nuys Airport gearbeitet habe. Die Fettsäcke, die da am Wochenende zum Brunch aufmarschierten, waren wirklich denkwürdig.

Ich hatte versucht, irgendeinen Bürojob zu kriegen, aber in dieser Rezession braucht man einen Hochschulabschluss, wenn man als Kloputzer arbeiten will. Vor ein paar Wochen wollte mich ein Laden für neun Dollar die Stunde einstellen, aber man musste einen Drogentest machen. Ich bin im Testlabor aufgelaufen, das mich an die hinterletzte Scheck-Wechselstube in der hinterletzten Ecke der South Bronx erinnerte, und gehe nach hinten, um meine Probe abzugeben. Also stehe ich so da und halte meinen Schniedel über den Plastikbehälter, und plötzlich rastet etwas in mir aus. Scheiße, was mache ich hier eigentlich?, denke ich. Diese Rednecks wollen mich zwingen, in eine Plastikflasche zu pissen, wieso denn eigentlich? Ich marschiere aus dem Klo und werfe auf dem Weg nach draußen den Behälter in den Müll.

»Sir? Sir! Wo wollen Sie hin?«, ruft der junge Mann mit den Latexhandschuhen, der meine Pisse archivieren will.

»Ich gehe zu einem Freund, kiffen. Komm doch mit. Vergiss diese Schweine. Du hast hier keine Zukunft. Herrgott, dein ganzes Leben dreht sich um Urin! Schlag dich in die Büsche, Alter!« Die arme Sau guckt mich an wie einen Geisteskranken, aber das ist mir egal. Ich bin frei. Oder: Ich war frei, bis die Wirklichkeit mir den Finger in den Arsch steckte und mich mahnte, meine Taschen umzudrehen und die Klimpermünzen zu zählen. Und jetzt arbeite ich also in der Interkontinentalen Interplanetarischen Multikonfessionellen Pancake-Agentur. Jawohl, Sir! Ich bediene. Ich bin hochprofessionell und zuvorkommend, aber ihr werdet mich nicht beim Buckeln erwischen wie meine Kollegen oder beim Fraternisieren mit den Tieren. Ich bin gutmütig, gastfreundlich, nett, höflich und so weiter, aber wenn ihr mehr von mir wollt, dann könnt ihr mich mal. Als Entertainer zahlen sie mir nicht genug, Leute, ich habe früher mit Auftritten einen Tausender pro Abend verdient, also geht scheißen oder womit auch immer ihr Bauerntrampel euch hier sonst so vergnügt. Damit keine Missverständnisse aufkommen ... ich habe nichts gegen euch, echt nicht, nein, ihr seid bestimmt alles brave Christenmenschen. Ich weiß das, weil ihr alle den Kopf gesenkt und gebetet habt, bevor ihr euch das Zeug reingeschaufelt habt, und weil ihr mich dauernd angrinst, aber bei Zeus, lasst mich einfach in Ruhe. Stellt mir keine Fragen, auch nicht nach meinem Namen. Mein Name ist Wenkümmertdas, na ja, jedenfalls in der Übersetzung. Aus der Sprache der Hokan-Indianer. Amerikanischer Ureinwohner, jawohl. Mein Name Hokan, aber ich Tonkawa. Scheiße, nein, ich bin kein Mexikaner. Wenn ich diese hässliche Uniform ausziehen würde, die nutzlose Schürze und diese Polyesterhose, dann könntet ihr meine Tattoos sehen. Mein Lendenschurz könnte für eure pubertierende Tochter ein bisschen zu aufregend sein. Wie alt ist sie überhaupt? Ach, vergiss es, Mister, ich halte mich erst mal an deine Frau. Merkst du nicht, was sie mir für Blicke zuwirft? Ich glaube, die würde sich gerne meinen ganzen Body reinschieben. Sorry, Kollege, das Jagen und Plündern liegt mir im Blut. Sie haben mich in dieses Outfit gesteckt, und jetzt juckt es mich. Nimm Bestellungen auf, haben sie gesagt, und führe sie aus. Kann ich jetzt gehen? Haben wir jetzt genug Konversation gemacht?

Das Restaurant läuft wie Hölle. Ich hätte nie geglaubt, wie viele Menschen zum Frühstücken ausgehen. Am Wochenende muss man zwischen acht Uhr morgens und zwei Uhr nachmittags zwei Stunden auf einen Tisch warten. Ein endloser Aufmarsch hungriger Harrisons, Carters, Johnsons, Patels, Rodriguezes, Tangs, Wangs, Nehi Nehi Kerdahes, Hushmanzadehs, Allah O' Akbar O' laho Akbars, quer durch das ganze scheiß Telefonbuch. Warum ich, o Herr? Welche Lektion willst du mich diesmal lehren? Kannst du mich nicht einfach aufgeben und mich endlich reich und berühmt werden lassen? Mein erster Tisch am ersten Tag war eine Nische mit einem großen gerahmten Bild vom Empire State Building darüber. Eine bittersüße Ironie des Schicksals, an der ich lange knabbern konnte, mit müdem Kichern.

Kaffee, Sahne, Wasser, die Bestellung in den Computer eingeben, 1 Eier mit Schinken, 2 Eier gewendet medium, 2 Würstchen & Eier, 2 Eier + 1 Ei gewendet, 2 Toast Weißbrot, 1 Toast Sauerteig, den Toast unbedingt hinfallen lassen, Kaffee nachschenken, neuer Tisch, 2 Orangensaft, 1 Cranberrysaft, 2 Kindermilch, »Ach, stimmt, hallo! Guten Morgen, ja«. Noch ein Tisch, »Hallo …«, Tee, »Scheiße!«, Tee fertig machen. Zitrone, »Wo ist die Zitrone? Schon alle? Kommt schon, Leute, wer hat heute aufgemacht?«. Butter auf den Toast, Erdbeermarmelade holen. »Jose! *Dos papas por favor! Si, gracias. Primo!* Omelett fertig? *No? Por que? Trabajando?* Okay. Nein, *no problem.*« Jesus scheißt den Himmel zu, und ich bin erst eine Stunde im Dienst.

Und immer so weiter, bis ich nach Hause komme und mir das Frittierfett aus den Haaren und den Poren wasche und ein Nickerchen mache. Ohne Kellneralbträume, wenn ich Glück habe; dann wache ich erfrischt auf und erfreue mich dessen, was vom Tage übrig blieb. Meistens kann ich das alles ganz vergessen. Meine Freunde und meine Familie wissen, dass ich nicht über die Arbeit reden will. Arbeit ist Arbeit. Wer will schon über die Arbeit reden? Erinnert mich bloß nicht daran! Nach meinem Nickerchen ist dann alles fast wieder normal. Meistens esse ich eine Orange und ein paar Kürbiskerne, zum Energietanken. Ich versuche, mich an mein Lebensziel zu erinnern. Das ist nur eine Phase, denke ich, das geht vorbei. Das ist keine Halluzination, sondern total real. Du bist stark genug, das kannst du wuppen, da kommst du mit deinem Stolz und Selbstbewusstsein unbeschadet raus. Ein bisschen Gitarre spielen, wenn du wieder richtig wach bist. Singen, Frohsinn.

Abends rief Fernando an. Josephine sei in der Stadt, sagte er, und ob ich mit den beiden essen gehen wolle.

»Was? Josephine, echt?«, rief ich sofort.

»Yeah. Willst du nun oder nicht?«

»Klar! Hol mich ab, ja?«, sagte ich aufgeregt.

»Also, Josephine ist aus Marokko zurück. Wie kommt das denn?«, frage ich Fernando auf der Fahrt in die Stadt.

»Sie hat mit ihrem marokkanischen Verlobten Schluss gemacht, war auf Besuch bei einem ihrer reichen Bewunderer in Frankreich, eins kam zum anderen, und da ist sie nun. In ein paar Tagen fliegt sie in die Schweiz«, sagt Fernando.

»In die Schweiz? Herrgott, da fragt man sich, wer ist es diesmal? Und sie ruft dich immer an, wenn sie wieder da ist, was? Was läuft denn da zwischen euch? War sie nicht dein Scheidungsgrund?«, frage ich rundheraus.

»Das sieht sie nicht so und ich auch nicht. Mit Jessica, das war was anderes«, sagt er cool und locker wie immer. »Und du? Noch immer verrückt nach ihr?«, fragt er hinterhältig.

Wie kann ich das wissen, bevor ich ihr gegenüberstehe? Vor ungefähr fünf Jahren haben Fernando und Jessica, damals seine Frau, in einer Bar gefeiert, und ich kam dazu.

Josephine arbeitete damals für Fernando. Ich wusste auf den ersten Blick, dass man sich an ihr die Finger verbrennen konnte, eine echte Verführerin mit Schlafzimmerblick und einer Stimme, die einen kirre machte. Ich war mit Mana zusammen und versuchte, auf Distanz zu bleiben, aber das reizte sie nur umso mehr. Es wurde damals nicht wirklich etwas daraus, auch später nicht, sie hatte nämlich heimlich was mit Fernando. Sie wollte Schriftstellerin werden und schickte mir in den folgenden Jahren immer mal wieder ein paar Texte. Außerdem stand sie auf einen meiner Songs, also hielten wir Kontakt. Einmal hatte ich versucht, mich ihr aufzudrängen, aber das konnte sie nicht haben.

»Dein Männergeschmack ist scheiße«, murmelte ich Josephine nach dem Essen in Fernandos Auto zu. »Du brauchst einen Künstler.«

»Woher weißt du denn, was ich brauche? Ich bin schon mit Künstlern zusammen gewesen. Damit bin ich durch«, sagte Josephine vom Beifahrersitz.

»Ach, du bist also mit einem Künstler zusammen gewesen? Mit wem? Mit was für einem Künstler denn? War er bereit, in der Gosse zu verrecken?«

»Was willst du mir damit sagen?«

»Und, was hat er gemacht? War er Maler? War er …«

»Ja, er war Maler!«

»Okay, und was ist daran so schlimm? Du suchst dir immer diese … ich weiß auch nicht. Hast du Angst vor dem Feuer? Also …«

»Vor dem Feuer? Noch mehr Feuer brauche ich wirklich nicht, Ali. Warum unterstellst du mir so was? Wer ist denn der Richtige für mich? Du? Bist du der Mann, den ich brauche?«

»Nein, so habe ich es nicht gemeint. Aber … diese Männer, von denen du immer redest, die passen einfach nicht zu dir. Scheiße, du bist Josephine!«

»Was soll das denn heißen?«, fragte sie lachend.

»Du bist was Besonderes. Du brauchst einen Kerl, der deiner wert ist. Einen Kerl, der damit klarkommt, wo du hinwillst und was aus dir wird.«

Plötzlich merkte ich, wie betrunken ich war, und beschloss, die Klappe zu halten, ohne mich für unser kleines Gespräch zu schämen. Fernando hatte die ganze Zeit geschwiegen. Er hielt bei ihr an, damit sie aussteigen konnte.

»Danke, Jungs, das war lustig. Wir sehen uns in ein paar Wochen. Bye, Fernando. Bye, Ali, und nicht so viel trinken. Das tut dir nicht gut.«

Wir verabschiedeten uns und warteten, bis ihr Fahrstuhl kam und sie winkte und hineinging. Sie sah atemberaubend schön aus an diesem Abend. Wenn nur Fellini noch leben würde und sie sehen könnte. Fernando schwieg.

»Die Arme. Jeder Mann, der ihr über den Weg läuft, wird besitzergreifend«, sagte ich.

»Sie weiß, was sie tut«, erwiderte Fernando.

Ein paar Wochen später kommt eine SMS von Josephine, sie sei aus der Schweiz zurück, ob ich Zeit hätte. Ich hole sie ab. »Drückst du mich ganz fest, wenn wir uns sehen?«, stand auch in der SMS. Die Fahrstuhltür geht auf, sie kommt raus und sieht wunderschön aus. Ich springe aus dem Wagen, und nach der Begrüßung umarme ich sie und drücke sie ein paar Augenblicke lang. Wir steigen ein und fahren los. Ich versuche, so cool wie möglich zu sein, charmant, bezaubernd, sympathisch, gewinnend und lustig. Ihr roter Lippenstift ist toll und ihr Augen-Make-up einfach kinoreif. Sie setzt sich immer ins richtige Licht und die Beleuchtung ist ganz Film Noir. Ihre Stimme und ihr Tonfall sind heiß und schwül. Sie moduliert nach Belieben ihre Akzentuierung und lässt ihre Tonhöhenkontur meisterhaft steigen oder fallen.

Unser Gespräch hat Leichtigkeit und wir fühlen uns wohl miteinander. Offenbar ist ihr auf ihren Reisen etwas Einschneidendes widerfahren. Sie musste entschlossen handeln und Ausweichmanöver einleiten. Ein prominenter und mächtiger Mensch hat ihr gewisse Anträge gemacht, versucht, sie mit verführerischen Angeboten und Schutzversprechen zu dominieren und über sie zu verfügen. Ihr Wille und Selbstvertrauen scheinen völlig unbeschädigt, aber der Zwischenfall hat sie einigermaßen ausgelaugt. Ich lausche, als sei jedes Wort und jeder Satz von höchster Wichtigkeit. In der Vergangenheit, Gegenwart oder Zukunft der Welt gibt es keinen anderen Ort, an dem ich lieber wäre als hier an ihrer Seite, in diesem Auto, in diesem Augenblick. Wir sind am Restaurant.

»Ich kann gerne einen Parkplatz suchen, wenn du vorgehen willst«, sage ich.

»Das musst du nicht. Es ist ein schöner Abend. Der Spaziergang wird mir guttun.«

Ich finde einen Parkplatz in der Nähe und wir machen uns auf den Weg. Es ist einer dieser herrlichen Abende in Dallas, kühl mit einer leichten Brise. Drinnen starren uns alle an, vom Wirt über die Kellner bis zu den anderen Gästen, und sind offensichtlich fasziniert. Wir bestellen zwei Gläser Rotwein und machen es uns gemütlich. Das Gespräch kommt wieder in Gang. Die Kerze auf dem Tisch wirft ein perfekt flackerndes Führungslicht auf ihre rechte Gesichtshälfte, das Hintergrundlicht kommt von der schummrigen Barbeleuchtung, der Rest ist Schattenspiel in Vollendung.

Sie spricht vom Wunder und Zauber der französischen und Schweizer Alpen, und ich höre gespannt zu. Meine Absicht dabei ist wieder, ruhig und gefasst zu bleiben, heiter und abgeklärt. Ich versuche, mich dem Augenblick gewachsen zu zeigen, seit Jahren habe ich auf diese Chance gewartet, jetzt will ich sie mir nicht mit einem Ausrutscher verderben. Das Gespräch dreht sich jetzt um unsere Vergangenheit und wir erinnern uns an unsere Begegnung vor Jahren und daran, wie ich einmal nach einem Konzert im Hausflur versucht habe, ihr einen Kuss abzuringen.

»Gott, deine Aura war total im Eimer … du standst völlig neben dir«, sagt sie.

»Ich weiß, was soll ich sagen? Ich habe danach so oft an dich gedacht.«

»Wirklich?«, fragt sie, leicht überrascht.

»Klar. Andauernd.«

»Was hast du denn gedacht?«

»Wie sehr ich mit dir allein sein wollte. Einen Tag lang oder eine Nacht. Ich wusste einfach, wenn wir eine Nacht nur für uns hätten …«

»Ja? Was dann?«

»Ich weiß nicht … dass es dann eine Verbindung zwischen uns gäbe.«

»Aber da gab es immer eine Verbindung«, sagt sie.

»Yeah …«, sage ich, blicke ihr in die Augen und lächele.

Das Essen kommt und wir fangen an. In der Ecke spielt ein gemischtes Gitarrenduo Burt Bacharach, der Nebentisch singt Happy Birthday für eine der Frauen, Blitzlichtgewitter, Umarmungen, Küsschen. Wir bestellen Wein nach.

Josephine fährt in ihrem jungen Leben nicht gerade in ruhigen Gewässern. Sie hat viel Schmerz und Trauer im Blick. Ein Herzenswunsch ist mit Füßen getreten worden. Eine schmerzhafte Lektion wurde gelernt. Sie erzählt kurz von ihrer Mutter und davon, wie sehr sie sie vermisst. Ihre Mutter ist vor vielen Jahren gestorben, ihr Vater auch, und sie könnte gerade wirklich Familienanschluss gebrauchen.

»Das ist nicht leicht«, sagt sie, »wenn man dir alles anbietet, wovon du immer geträumt hast. Totale Sicherheit, weißt du? Aber dann bist du nicht mehr frei. Wenn ich das Angebot annehmen würde, wäre ich in einer Art Gefängnis.«

Ich höre zu, nicke und nehme Anteil, aber was weiß ich denn schon? Sie spielt in einer anderen Liga. Was würde ich tun, wenn mir jemand totale Sicherheit anbieten würde? Ich bin offen gesagt überrascht, dass sie das Angebot nicht angenommen hat. Sie hat schon vielen Männern einen Korb gegeben, weil sie sich sicher sein wollte. Was sucht sie denn, Liebe? Ihre Kraft und Unabhängigkeit bedeuten mir viel. Ich könnte eine Million Jahre hier sitzen und mir ihre Geschichten anhören. Genau auf diesen Stuhl hier würde ich mich pflanzen und sie bis ans Ende aller Tage quer über den Tisch anblicken. Wir beenden unser Mahl. Ich habe kaum etwas gegessen, höchstens ein paar Häppchen. Wer braucht schon Essen? Ich wünschte, ich könnte Josephine an die Hand nehmen und mit ihr fortlaufen.

»Was wollen wir machen?«, frage ich, als wir wieder zum Auto spazieren.

»Äh … Lae ist in der Saline Bar.«

»Okay, super. Auf geht's.« Lae ist ihr bester Freund und sie wohnen zusammen. Er ist gerade einundzwanzig geworden und schwul. Ich mag ihn. Wir gehen in die Saline

Bar, bestellen uns was zu trinken, setzen uns auf die Terrasse und rauchen Kette. Josephine wird langsam locker. Sie flirtet. Lae spielt mit meinen Haaren.

»Du hast tolle Haare! Sind das nicht total tolle Haare? Diese Locken. Da muss man einfach mit den Fingern rein«, sagt Lae.

»Ich weiß! Irgendwann ziehe ich jetzt mal an deinen Haaren, während du in mir drin bist«, sagt Josephine zu mir.

»Klar doch ...«, antworte ich und tue ganz cool.

»Gestern Nacht hatte ich feuchte Träume von dir«, sagt sie.

»Echt? Was war los?«

»Ach ... wirklich schmutzig. Du hattest deine Hand in meiner Hose.«

»Hmm ...«

»Ja, das war scharf.«

»Na ja, das kannst du haben, wenn du willst«, sage ich und blicke sie direkt an. »Jederzeit.«

Ich habe das starke Bedürfnis, ihr vor allen Leuten die Kleider vom Leib zu reißen.

Die Fahrt zurück zu ihr vergeht wie im Flug. Wir sitzen noch ein bisschen im Auto und reden. Dauernd klingelt ihr Telefon. Ihr Freund/Exfreund wahrscheinlich. Ich weiß nicht viel von der Geschichte und es ist mir auch egal. Wenn es derselbe Araber ist wie vorher, was ich vermute, dann scheiß auf den, er hat seine Chance gehabt.

»Wir sitzen jetzt hier schon ganz schön lange. Wir hätten reingehen können«, sage ich.

»In meine Wohnung kann ich dich nicht lassen. Zu chaotisch.«

»Chaotisch finde ich gut«, bettele ich.

»Fahr doch ein paar Etagen im Parkhaus weiter hoch. Da sind wir mehr für uns«, sagt sie.

Ich fahre ein paar Etagen weiter hoch. Ihr Telefon klingelt immer noch. Sie geht ran.

»Was? Ich bin unterwegs … Mit einem Freund … Ich ruf dich morgen an … hör zu, ich hab jetzt keine Zeit«, sagt sie und hängt auf. »Sorry«, sagt sie und schaltet ihr Telefon aus.

»Macht nichts. Alles okay?«

»Mhmm … nein … in den letzten paar Monaten war mein Leben ein Irrenhaus. Ich muss einfach ein bisschen langsamer machen. Bloß ein bisschen, damit ich wieder ins Gleichgewicht komme.«

»Kommt mir auch so vor.«

Sie blickt mich wieder aus diesen Augen an. Diese Augen können einen Mann zu allem bringen. Ich werde ein Killer, wenn es sein muss, ein Apachenkrieger, ein Invasor, ein Gladiator, der nicht anders kann, als seinen besten Freund vor aller Augen abzustechen.

»Herrgott, Josephine …«, seufze ich.

»Was?«

»Musst du mich so ansehen?«

»Wie denn?«

»Du weißt schon, wie.«

»Ich sollte dich einfach gleich hier im Auto vergewaltigen«, sagt sie.

»Nein«, sage ich und beuge mich näher zu ihr hin. »Nicht hier … nicht so.«

»Soll das für dich jetzt was ganz Besonderes sein? An deiner Stelle würde ich meine Chance nutzen.«

»Wahrscheinlich hast du recht …« Ich bin jetzt ganz

nah bei ihr und blicke ihr tief in die Augen. Es ist Zeit für mehr. Ich senke den Blick von ihren Augen auf ihre Lippen.

»Weißt du, welche Sorte Mann mich fickt, Ali?«, sagt sie und platzt fast vor Sex.

»Welche denn?«

»Die Sorte, die mich packen und ausfüllen kann«, sagt sie, küsst mich kurz, nimmt dann mein Gesicht und drückt es.

»Ach ja?«

»Ja, aber weißt du, wen ich sonst manchmal ficke? Ganz selten, ja, aber manchmal schon.«

»Wen?«

»Kleine Romantiker wie dich … brave Jungen, die Sorte, die es nicht fertigbringt, mich auf die Matratze zu werfen und zu stechen …« Beim Reden schnallt sie mir den Gürtel auf und knöpft mir die Jeans auf.

»Du würdest zehntausend Jahre brauchen, bis du mich so fickst, wie ich es gerne von dir hätte, du bist viel zu nett, aber ich mag dich, ich habe dich schon immer gemocht, und jetzt sollst du kriegen, was du dir schon die ganzen Jahre gewünscht hast. Ich will, dass du mich tief innen spürst.« Sie sitzt jetzt auf mir, mit gelüpftem Rock, und bevor ich mich versehen kann, bin ich schon in ihr drin und sie reitet mich und ich verliere den Verstand. Ich schwebe durch Astralebenen. Sie zieht eine Art Verwandlungsnummer ab und ihr samtschwarzes Haar nimmt alle möglichen Farben an. Ihre hellbraunen Augen färben sich lila und rot.

»Oh, Ali, weißt du nicht, wer ich bin? Kennst du mich nicht mehr?«, flüstert und stöhnt sie.

»Ich weiß, wer du bist.«

»Nein … du kennst mich nicht mehr.«

»Was redest du da?«, sage ich und sterbe fast vor Genuss.

»Wir sind schon zusammen gewesen, in früheren Leben, ich weiß von mindestens zwölf. Ich sollte das nicht mit dir tun, aber ich kann nicht anders. So endet das immer«, flüstert sie, während sie sich immer schneller auf und ab bewegt. »Es stimmt einfach … nie«, sagt sie immer wieder, während sie sich auf meiner Männlichkeit auf und ab bewegt. Ich kann mich unmöglich länger zurückhalten.

»Josephine, mach langsamer … sonst ist es gleich …«

»Es stimmt einfach nie …«, sagt sie in einem fort.

»Josephine, ich komme gleich, du machst mich fertig.« Ich versuche, sie zu bremsen, aber sie ist ganz in ihrer eigenen Welt. »Du musst jetzt aufhören, Josephine … runter mit dir, sonst komme ich in dir.«

Aus irgendeinem Grund hört sie nicht auf mich und ich kann sie nicht abwerfen. Hinterher habe ich das Gefühl, als Gefühl, ich hätte kein Leben mehr in mir. Sie packt mein Gesicht, küsst mich auf den Mund, steigt aus und geht zum Fahrstuhl.

New York

Als ich an der 42nd Street, Ecke 7th Avenue aus der U-Bahn kam und in Richtung Süden ging, goss es in Strömen. Meine Schuhe und Strümpfe waren noch von vorher nass und meine schwarzen Jeans waren auch schon fast völlig durchtränkt. Vor dem Bewerbungsgespräch war keine Zeit, mich wieder herzurichten, also ging ich schneller und versuchte, mich unter den Markisen so trocken zu halten wie möglich. Ich brauchte diesen Job dringend. Wirklich dringend. Die zehn Dollar und siebenunddreißig Cent in meiner linken Hosentasche musste ich als Fahrgeld aufheben, falls ich den Job bekam. Aber was war mit dem Rest? Essen, Trinken, Zigaretten? Wozu jetzt an so was denken, dachte ich, dann schlug ich einen Haken um eine große junge Brünette vor mir und sprang über eine Pfütze mitten auf der Straße. Bei der Landung kam ich etwas ins Schwanken und erinnerte mich daran, plötzliche Bewegungen zu vermeiden, weil ich mich noch immer nicht ganz von einem meiner kaputten Wochenenden erholt hatte.

Am Samstagabend waren wir von diesem Milliardär in ein schickes Bar/Restaurant ausgeführt worden, sechshundert Dollar hatte er für uns auf den Tisch gelegt. Er fand meine Stimme einfach »toll« und glaubte, mit ein bisschen Ausbildung hätte ich das Zeug zum Opernsänger.

»Du musst mal vorbeikommen, damit ich dich ein bisschen coachen kann. Wir fangen damit an, dass du auf dem Fußboden liegst und atmest.«

»Wie bitte?«, fragte ich und verschluckte mich heftig an meinem Drink.

»Du liegst auf dem Fußboden, und ich sehe mir deine Atmung an.« Er behauptete, er habe Operngesang studiert, bevor er ein Spitzen-Versicherungsvertreter geworden sei.

»Meine Atmung?«

»Ja, du atmest und ich beobachte dich dabei«, sagte er mit an den Mund erhobenem Rotweinglas.

»Ach so, alles klar«, sagte ich und warf Mary einen Blick zu, die versuchte, ernst zu bleiben.

Der Mann war eine Oberschwuchtel und Mary hatte mich nur mitgeschleppt, weil Essen und Trinken umsonst waren. Nach einem Auftritt hatte er ihr erzählt, dass er unsere Musik ganz toll finde und ob er uns irgendwie helfen könne.

Natürlich hatte er es auch auf Marys Freund Alberto abgesehen, der jung und schön war. Alberto sollte uns den alten Milliardär warmhalten, indem er sich zierte.

Ich hab schon einiges erlebt und weiß inzwischen, was diese Reichen mit »helfen« meinen, und es hat nichts damit zu tun, dass man Geld bekommt, jedenfalls in meinem Fall nie, sie langweilen sich einfach und brauchen Beschäftigung. Auf keinen Fall würde ich mich bei diesem Typen auf den Teppich breiten und mir seinen Daumen in den Arsch schieben lassen oder was er sonst für einen Scheiß vorhatte, aber solange er Absinth ausgab, war ich dabei. Mary hatte natürlich auch wieder Verführungsversuche unternommen, und langsam erlahmte meine Gegenwehr, aber hallo.

»Ich möchte eine künstlerische Partnerschaft. Ich respektiere dich wirklich, als Autorin, als Malerin, äh … Ich finde deine Musik toll … du findest meine toll. Können wir nicht einfach Freunde sein. Das fände ich schön«, erklärte ich ihr, nicht nur einmal, ohne Ergebnis.

»Ich habe mich in dich verguckt, Ali«, sagte sie dann immer.

Mein Leben lang habe ich vergeblich Freundschaften mit Künstlerinnen versucht. Wenn du mit ihnen ins Bett willst, wollen sie das meistens nicht, und wenn du Freundschaft willst, geht das nur selten. Ich verstand dann immer, wie Frauen sich fühlen, wenn ein Mann sexuell und emotional von ihnen besessen ist. Aber das hatte ich ehrlich gesagt im Grunde schon immer verstanden, ich brauchte keine Auffrischung. Ich wollte einfach mit ihr Musik machen, lesen, was sie schrieb, ihr meine Sachen zu lesen geben und mir dabei von ihr helfen lassen. Ich fand ihre Musik unglaublich, sie fand meine toll, und gemeinsam klangen wir noch besser. Ich wollte die Kunst erkunden, nicht ihre Vagina, aber davon wollte sie nichts wissen.

Wir waren einander vor ein paar Monaten begegnet, als ich mit den Kids bei meiner Freundin Laura vorbeischaute, um zu sehen, ob wir ein bisschen Gras bei ihr abstauben konnten. Ich hatte versucht, es zwischen Mary und mir freundschaftlich zu halten, bis sie schließlich eines Tages mit Whiskey auftauchte und mich auf dem Dach in die Enge trieb. Nach einer halben Flasche gab ich auf, und schon ist es Morgen, sie trägt einen Kimono und bringt mir Kaffee. Aber hey, wir sind in New York und sind beide single. Was ist unter freien und ungebundenen Erwachsenen schon dabei, wenn man im Suff eine Matratzenrunde dreht?

Schon war ich im Fahrstuhl und blitzschnell oben zum Bewerbungsgespräch.

»Guten Morgen«, begrüße ich die Dame am Empfang.

»Hi, kann ich Ihnen helfen?«

»Ja, ich habe einen Termin bei Isaac.«

»Okay, nehmen Sie Platz. Hinten gibt es eine Toilette, falls Sie sich abtrocknen möchten«, sagt sie, und ich folge ihrem Rat. Ach, der Garment District und die nostalgische Faszination, die er auf mich ausübt! Ich bin schließlich immer noch Immigrant.

»Ali?«, ruft ein großer, gutaussehender und durchtrainierter älterer Mann.

»Ja. Hallo«, antworte ich mit breitem uramerikanischen Grinsen.

»Hi, ich bin Isaac, komm doch mit nach hinten. Also, Jacob sagt, du würdest gerne bei unserem Katalogisierungsprojekt mitmachen.«

»Ja, das wäre toll, klingt sehr interessant.«

»Na, ich weiß nicht, wie interessant das ist, aber gemacht werden muss es trotzdem. Ihr habt euch beim Meditationscamp kennengelernt, wie ich höre?«, sagt er mit einem prüfenden Blick, weil er wissen will, ob ich nur ein Freak auf der Durchreise bin.

»Ja, stimmt. Selber mal da gewesen?«

»Ich? Nein, nein. Jacob wollte mich ein paarmal überreden, aber, äh, zu viel zu tun, na ja.«

»Klar.« Ich war nur da, weil Kost und Logis umsonst waren, will ich ihm sagen, aber ich kann mich gerade noch zurückhalten.

»Okay, also, siehst du die ganzen Stoffmuster? Die müssen wir alle für die Webseite fotografieren. Kriegst du das hin?«

»Na klar doch. Ich muss mir eure Ausrüstung und eure Software angucken, aber hinkriegen tue ich das.«

»Sicher, das zeigen wir dir alles, Jacob zeigt dir das. Er ist morgen wieder da. Ist gerade in Tel Aviv, weißt du?«

»Ja, das hat er mir gemailt, er tritt mit seiner Jazzband auf, oder? Der Glückliche.«

»Genau, also, wir zahlen zwölf Dollar die Stunde, in der ersten Woche zehn, bis wir wissen, ob es läuft, und dann zwölf. Ich zahle dich in bar. Wir vereinbaren, sagen wir, fünfundzwanzig, dreißig Stunden, okay?«

»Okay, super. Klingt toll, danke, vielen Dank.«

»Kein Problem, wir sehen uns morgen?«, fragt er.

»Na klar, klingt super. Bis dann.«

Er bekommt einen männlichen Händedruck, dann gehe ich aus dem Stoffladen und danke meinem Glücksstern. Ohne den Job hätte ich gleich auf den Strich gehen können, außerdem ist er eine schöne Abwechslung. Stoffe, Designer,

Schneider, Modeverrücktheiten. Ich habe gerne Stoffe um mich, das erinnert mich an meinen Großvater, der Schneider war. Der Duft der Stoffe versetzt mich wieder in die gute alte Zeit, als ich neben ihm saß, während er seinem kleinen tragbaren Radio lauschte, damals in Teheran. Ich kannte ihn nur als Rentner, Ende siebzig, aber er war ein Mystiker, dem einmal eine Stofffabrik gehört hatte und der eine Weile ganz gut verdient hatte.

Teheran

Dem Vernehmen nach soll Opa ein fairer Arbeitgeber gewesen sein, aber irgendwie hatte er die Firma verloren und angeblich hat meine Großmutter dann jahrelang in Heimarbeit als Schneiderin die Familie ernährt. Als ich klein war, arbeitete sie noch, und ich kann mich an ihre vielen Nähmaschinen erinnern. Aus jedem Zeitalter schien sie eine zu haben. Mein liebstes Stück war eine alte Tretmaschine, die aussah, als wäre sie hundert Jahre alt. Was für ein großartiger Anblick sie war, schnittig, schwarz, geheimnisvoll, gefährlich. Warum mein Großvater seinen florierenden Betrieb aufgeben musste, wurde mir jedenfalls nie erklärt, und ich war zu jung und hatte zu großen Respekt vor dem Alter, um ihn selbst zu fragen, aber ein paar Dinge konnte ich mir zusammenreimen. Es hatte etwas mit seiner Großzügigkeit und seinem Mangel an Bildung zu tun. Angeblich hat er einen Großteil des Firmengewinns mit seinen Angestellten geteilt und dazu noch mit vollen Händen aller Welt Geld geliehen, ohne auf Rückzahlung zu bestehen. Jede Bitte um einen Kredit oder eine Vorauszahlung wurde rückhaltlos positiv beschieden.

»Herr Garakani, meine Frau ist krank und …«

»Was? Deine Frau? Kein Wort mehr, ruf Doktor Farzad und sag ihm, er soll die Rechnung mir schicken.«

»Herr Garakani, mein Sohn, er ist jetzt alt genug, zur Schule zu gehen, aber, na ja … wissen Sie, die anderen Kinder gehen schon, und wir können uns einfach, äh …«

»Was stammelst du da so herum, Gholam Reza? Du brauchst Geld für Schulbücher? Warum redest du um den heißen Brei herum? Bei Gott, ich bin ein vielbeschäftigter Mann, siehst du nicht, dass ich beschäftigt bin? Geh wieder an die Arbeit, da hast du ein bisschen Geld, verschwende meine Zeit nicht, immer heraus mit der Sprache.«

»Danke, Gott segne Sie, und dann wäre da noch etwas, Herr Garakani … mein Bruder braucht Arbeit und …«

»Habe ich deinem Bruder nicht erst letzte Woche Arbeit gegeben? Wo steckt er eigentlich?«

»Nein, nicht Akbar. Der arbeitet oben, Gott segne Sie dafür, dass Sie ihn eingestellt haben, jetzt geht es um Asghar, der gerade in die Stadt gekommen ist, ein guter Arbeiter.«

»Ah, verstehe, Asghar, warum hast du das nicht gleich gesagt … also … er soll vorbeikommen, dann rede ich mit ihm.«

»Er ist schon hier, Herr, er sitzt vor der Tür unter einem Baum.«

»Gholam Reza! Habe ich dir nicht gesagt, dass ich beschäftigt bin? Was lässt du ihn da draußen in der Hitze warten? Hol ihn rein, damit wir das erledigen können, *astakhforela*!«

Das muss eine endlose Prozession von Bittstellern gewesen sein, denn damals hatten die Menschen sechs oder sieben Kinder, und das bei drei oder vier Fehlgeburten und hoher Kindersterblichkeit.

Einmal hat er mich in die Altstadt von Teheran mitgenommen, wo die Gassen für Autos zu schmal sind, auf ein traditionelles iranisches Frühstück aus Innereien und Kopffleisch vor dem Freitagsgebet, und das ganze Viertel schien ihn zu kennen. Er wurde begrüßt wie ein hoher Beamter. Wie dem auch sei, der andere entscheidende Faktor beim Ende der Firma muss die Tatsache gewesen sein, dass er Analphabet war. Als ich ungefähr acht Jahre alt war, erzählte er mir die Geschichte, und so wie er redete, hätte man nie geglaubt, dass er nicht schreiben konnte.

»Komm her, Kleiner, setz dich zu mir in die Sonne.« Er saß so gern am offenen Fenster auf dem Fußboden in der Sonne. »Weißt du, als ich fünf Jahre alt war, ist meine Mutter gestorben, und ein paar Jahre später wurde mein Vater todkrank und wusste, dass sein Ende nahe war, also sammelte er alles Geld zusammen, das er auf der Welt besaß, verkaufte alles, was von Wert war, brachte die Summe dann zu seinen Brüdern, meinen Onkeln, und sagte ihnen, sie sollten es in meine Schulbildung stecken. Nach seinem Tod wartete ich auf meine Einschulung. Ein Jahr verging und all die anderen Kinder kamen in die Schule. Ich musste in einer Fabrik arbeiten, ein weiteres Jahr verging, und noch immer nichts, also ging ich schließlich zu meinen Onkeln und fragte sie: Wann komme ich in die Schule? Schule, sagten sie, wir haben kein Geld für deine Schulbildung, wir haben dich aufgenommen und dir Arbeit gegeben, aber wir haben unsere eigenen Kinder, und die Ausbildung noch eines Kindes können wir uns nicht leisten. Ich sagte: Aber mein Vater hat mir gesagt, er habe euch Geld für meine Ausbildung gegeben. Dieses Geld gäbe es nicht, sagten meine Onkel, und dass mein Vater gelogen hätte, damit ich mir keine Sorgen mache. Meine

Cousins gingen immer weiter zur Schule, und ich arbeitete in der Fabrik. Ich erzähle dir das nicht, damit du mich bemitleidest, ich will nur, dass du weißt, wie wichtig gute Schulbildung wirklich ist. Hast du mich verstanden, mein Kleiner?«

Ich weiß noch, wie wütend ich war. Wo waren diese Onkel heute? Bestimmt tot, aber wo lagen sie begraben, diese Ungeheuer? Ich hatte ein paar Gräber, auf die ich pissen wollte. Wo waren die Cousins? Wer machte denn so etwas? Oder hatte sein Vater wirklich gelogen, als er von dem Geld erzählte? Dies war eine der ersten Geschichten, durch die sich mir die Grausamkeit der Menschen zeigte, weitere sollten folgen, und zwar mit Warpgeschwindigkeit. Der Iran-Irak-Krieg war in vollem Gange und würde am Ende zu einer halben Million Toten auf jeder Seite führen, die Regierungsgefängnisse platzten vor politischen Gefangenen aus allen Nähten und die Erschießungskommandos müssen rund um die Uhr gearbeitet haben, um ihr Soll zu erfüllen. Unser ganzes Leben war von Brutalität und Unbarmherzigkeit durchdrungen, in biblischen Ausmaßen. Der aller menschlichen Machtbesessenheit innewohnende Sadismus war auf vernichtende Weise allgegenwärtig, aber was im Iran geschah, war alles andere als einzigartig. Viele meiner Zeitgenossen sind Zeugen vergleichbarer Ereignisse geworden und haben sich für das Vergessen entschieden. Ich kann es nicht vergessen, die Selbstmedikation versagt, nicht einmal Lobotomie würde helfen.

Die Mutter meines Großvaters soll beinahe eine Heilige gewesen sein. Sie schenkte den Bedürftigen, was sie nur konnte. Sie gab mitten im Winter einem halberfrorenen Menschen auf der Straße ihren Mantel. Eine meiner Großmütter, die Mutter meines Vaters, war Vollwaise und wurde im Alter von elf Jahren verheiratet. Als sie abgeliefert wurde, hielt sie ihre kleine Puppe umklammert. Mit vierzehn bekam sie ihr erstes Kind. Die Familie war sehr arm, aber nie hat sie ihre positive Grundeinstellung verloren. Sie starb an einem falsch diagnostizierten Herzinfarkt nach einem Besuch bei meinem Onkel im Gefängnis. Sie war erst Anfang fünfzig. Sie hat immer gelächelt und gesagt: »Alles ist gut, mein Schatz, alles wird gut. Keine Sorge, alles wird wieder gut.«

Meinen Großvater sah ich zum letzten Mal bei einem Besuch in Deutschland. Der Alzheimer nagte heftig an seinem Gehirn und er sagte dauernd, wie gut ihm Europa gefalle. »Ich hätte als junger Mann hierherziehen sollen«, sagte er ständig. Es fiel mir damals schwer, bei ihm zu sitzen, ich konnte es kaum ertragen. Ein paar Monate später starb der alte Mann, kurz vor Sonnenaufgang, daheim in Teheran. Ab und an besucht er mich noch immer in meinen Träumen und gibt mir kluge Ratschläge. Über ihn halte ich Verbindung zu meinen Ahnen, bis tief in die Vergangenheit vor Erfindung der Schrift, vor den Magern, vor den Königen, als Männer und Frauen auf fruchtbarem Boden ein hartes Leben führten und im Nachthimmel nach Zeichen suchten, vor dem Sündenfall, vor der Sintflut, vor dem Einfall der wilden Horden, im Offenen, gemeinsam.

San Francisco

Heute Abend haben wir einen Auftritt in einem großen Laden, als Vorgruppe für irgendeine beliebte Band aus San Francisco, natürlich gibt es fast kein Geld. Ich spiele zuerst, dann die Kids, dann die beliebten Jungs. Wir gehen hinter die Bühne und trinken so viel Bier und Whiskey wie möglich, ziehen unsere Nummern ab, dann gucken wir uns ganz entspannt die Hauptattraktion an. Gar nicht schlecht, hauptsächlich Spektakel. Der Saal ist knüppeldickevoll, ein paar Tausend kreischende Leute, alles Mögliche fliegt durch die Gegend. Die Bandmitglieder kotzen auf die Bühne, spucken aus, springen in die Menge und machen auf Iggy Pop, so gut sie können, auf Teufel komm raus. Die Musik ist an der Show nicht das Wichtigste, aber hier hört sowieso keiner richtig zu. Die Leute wollen Sachen durch die Gegend schmeißen und mit jemandem im Bett landen. Vom Rang aus, wo ich stehe, einen Drink in der Hand, sehen sie aus wie eine Herde Gnus an einer Furt. Man kann mit keiner Menschenseele ein anständiges Wort wechseln, das ist weder der Moment noch der Ort dafür, offenbar ist nie der Moment oder Ort zum Reden. Reden ist over, genau wie der Austausch von Sinn und Ideen. Nirgends ein zusammenhängender Gedanke. Hier ist alles tot.

Mit einer Chlamys um den ansonsten nackten Leib geschlagen, trat er aus der Holzhütte an der Schlucht. Wie er so näher kam, schien er Gelehrsamkeit auszustrahlen. In seiner Rechten bemerkte ich einen Daruma und in seiner Linken ein hell funkelndes hemimorphes Objekt, dass die Sonnenstrahlen in alle Richtungen spiegelte. Er näherte sich gelassen und erinnerte an einen peloponnesischen Staatsmann, oder an Pelagius, den britischen Mönch? Oder an den Propheten Maleachi? Eine Art Verhinderer muss er gewesen sein, von Sorglosigkeit getrieben, ein Prüfer war er, ein Schreiber. Was wusste er? Was trug er für Samen? Er machte den Eindruck eines zutiefst selbstsicheren Wesens, ohne schulmeisterlich zu wirken, mit voll entwickeltem Sensorium, einer, der alles besser macht und vor Weisheit strahlt. Fortschritt vollzieht sich in der Regel langsam. Wie viele Erleuchtete wandeln heute unter uns? Wie viele haben den Weg zur völligen Befreiung gefunden und sind Heilige reinen Geistes geworden? Viele vielleicht oder gar keine. Gewiss beschreiten manche den Weg der Moral und streben nach völliger Beherrschung des Geistes, einen Weg hin zur Weisheit und Reinigung der Seele, aber genauso viele werden einen Weg beschreiten, der kein anderes Ziel kennt als aus körperlicher Trägheit und geistiger Erstarrung, aus Erregung und Sorge, Zweifel und Unsicherheit erwachsende Unwissenheit. Bereit, das Ein und Alles vorurteilsfrei zu empfangen. Eine Orante, die Arme gen Himmel gereckt, die Füße gen Hölle. So habe ich es offenbar schon immer gewollt. Ein allumfassender Empfänger, ganz und gar bußunfertig. Penis-Geist, Schwanz-Geist, Fotzen-Geist, fühlendes fortpflanzungsfähiges Wesen. Kein Prozesshansel. Bereit, loszuschlagen oder im Inneren zu verharren. Ohne Hinterlist, doch voller Geilheit. Geil auf ein imaginäres, psalterspielendes Akrobatenmädchen, das mir supertonische Noten in die leere Mitte meines Rückgrats stößt. Ein Pangäa-Superstratum-Geist, supersonisch und unfehlbar.

#

Die fette Katze, die wir im Loft halten, ist hungrig und laut, aber wir werden sie nicht mehr füttern. Erst soll sie ihre Katzenpflicht erfüllen und ein, zwei Mäuse fangen. Die Scheißmäuse machen Party in unserer bescheidenen kleinen Küche, wir bedürfen dringend der Katzendienste der Fetten; wir hoffen, dass sie zur Besinnung kommt und sich langsam an die Arbeit macht. Nach ein paar Tagen wird sich bestimmt ihr Raubtierinstinkt durchsetzen, sonst verhungert sie. Es sei denn, sie merkt, mit was für disziplin- und lieblosen Zeitgenossen sie es zu tun hat, und weigert sich, ein anderes Lebewesen zu töten. Wir könnten es ja auch mit einer buddhistischen Katze zu tun haben. Einer in Metaphysik bewanderten Katze. Einer mönchischen Katze. Was wir hier brauchen, ist ein Panther, eine Tigerin, der Vegetarismus und Gewaltfreiheit fremd sind, ein ungläubiges, heidnisches Katzentier, grausam und wild, gefährlich bis auf die Knochen, mit Krallen, so scharf wie die eines Supersaurus, unbeherrschbar, unberechenbar, unauffindbar und gemein. Ihre Seele muss ein glühender Klumpen Hass sein, ihre Reflexe müssen gut entwickelt sein, ihr Geist auf nichts gerichtet als auf das eine: töten, verstümmeln, Fleisch verschlingen. Wir wollen ihr das Blut von den Fangzähnen tropfen sehen. Wir brauchen sie.

Sie erinnert eher an einen Tapir als an eine Katze, ihre Exkrete sind eine stinkende faulige Masse, mit der wir leben müssen. Wir brauchen einen edlen Katalysator für dieses löwenartige Tier, einen, der ihr die Zellen zum Leuchten bringt. Vielleicht nehmen wir sie nach Japan mit, wo sie Satori erfahren kann, unter anderem. Sie wird wieder töten, und zwar überaus regelmäßig, wenn ihr Geist erst einmal transloziert ist, translunar.

#

Die Kids sind wieder auf der Probe. Bands müssen schließlich proben. Seit meiner Rückkehr aus dem Meditationscamp gibt es hier ein paar Veränderungen, bei uns wohnt jetzt auch eine Frau. Unser Heim ist eine Zuflucht, ein Ort, an dem jeder tun oder predigen darf, was ihm oder ihr gefällt. Eine Art Künstlerasyl, wo Kreativität im Überfluss in alle Richtungen ausstrahlt, eine Art Assassinen-Festung Alamut, die Verkörperung der Philosophie des Hasan-i Sabbah, nur ohne den Mord. Wir praktizieren hier Magie aller Art, auch Mathematik, Alchemie, Medizin, Botanik, Seelenwanderung, Andachtstechniken. Wir trinken Zaffer und Terpentin, Milch und Honig, Wasser und Wind, Met und Matsch.

Wir üben uns in Schwerelosigkeit und Schweißen. Wir erheben die Arme zum Firmament, zum Himmelsgewölbe, und jaulen im Fortissimo. Tages- und nachtzyklisch verwässern wir uns den Geist. Der Gang der Himmelskörper versetzt uns in Dauererregung. Hier regiert das Wohlfahrtsdenken. Wir haben unsere eigene imaginäre Sankt-Andreas-Spalte.

Unsere neue Gefährtin ist auf ihre Weise enigmatisch, eine deutsch-persische Kreuzung, wohlbewandert in Psychologie und Polydipsie. Ihr Lebenshunger ist ohnegleichen. Auf der ganzen Welt hat sie Berge und Gesteinsformationen erklommen. Ihre geschlechtlichen Lüste sind offenbar von noachidischer Art. Sie braucht einen Tarzan als Liebhaber, eine ganze Task Force, man muss sie entkorken, sie braucht einen Federschmuck für den Kriegspfad. Ihre seltsamen und launenhaften Gelüste müssen in einer Nullsummenrechnung münden. Sie ist Zenistin kurz vor dem Zenith. Als ich ihr zum ersten Mal in die Augen blickte und ein Stückchen ihrer jungen Seele erschaute, erinnerte sie an die Wachstumsmuster eines Pilzes mit Fronten des Stillstands und sukzessiven Antriebswellen. Sie ist natürlich Vegetarierin. Eine Vesica Pisces dieses veganen Vamps werde ich malen, ein Capriccio improvisieren, ein Allegro komponieren, wenn ich an der Reihe bin.

Außerhalb meiner Reichweite? Überhaupt nicht! Wir rollen nur gerade wie geisteskranke Affen in einem Fass dahin, lassen es richtig krachen und verschlingen alles, was wir in die Finger bekommen. Keine Uhren, kaputte Telefone, Möbel vom Sperrmüll, Freibier und -schnaps, Familienessen einmal täglich, das hübsche Mädchen von nebenan rüberholen, scheiß auf ihren Freund. Jede Nacht durchfeiern, jede zweite Nacht ein neues Mädchen im Arm (wenn möglich), dem man dann immer was von Bindungslosigkeit erzählt. Man muss Frauen daran erinnern, dass sie sich nicht mit Musikern einlassen dürfen oder zumindest das mit der Dauerbeziehung vergessen müssen. Na gut, es gibt auch Musikerinnen, aber das ist etwas ganz anderes. Die Party läuft und alle sind da, die Sau ist los, überhaupt nichts ist los, es gibt keine Dauerlösung, keine Träume, keine Projektionen, ich bin frei, du bist frei, wir sind frei. Frei wovon?

Brooklyn

Um 5:45 Uhr klingelt mein Wecker. Ich liege benommen da, und als mir klar geworden ist, wer, was und wo ich bin, stehe ich auf und schleppe mich ins Bad. Der Bart muss ab. Kolis Anwältin sagt, wenn man in ein Büro des Department of Homeland Security marschiert, sieht man lieber nicht wie ein Terrorist aus. Ich fange an, mir den Winterbart abzurasieren, dann springe ich unter die Dusche und flehe die Heißwassergötter um Zeit zur Waschung und Spülung meiner Haare an.

»Morgen sieht mein Haar ganz anders aus«, hatte ich Kolis Anwältin und ihrer Mitarbeiterin am Abend vor der Voranhörung versprochen.

»Gut. Ihr müsst euch rausputzen. Wenn ihr morgen so auftaucht, gebe ich den Fall ab«, hatte die Anwältin gesagt, nur halb im Scherz. Wir sahen wie Musiker aus, fand ich, aber einer Anwältin, die noch keinen Fall dieser Art verloren hat, soll man nicht widersprechen. Als wir da so in der Halle des Roosevelt Hotels in Midtown Manhattan saßen und müde und verkatert dem endlosen Strom von Informationen lauschten, musste ich mich kurz daran erinnern, wie ernst das Spiel gerade war. Schließlich sollte ich im Asylverfahren der Dolmetscher sein, mit der wichtigen Aufgabe, das Englische ins Persische zu übersetzen und umgekehrt. Mein Persisch ist nicht so gut, wie es sein sollte, aber Koli und ich verstehen einander sehr gut.

»Und jetzt werden wir euch, wie schon gesagt, so hart wie möglich rannehmen, damit ihr auf alles vorbereitet seid, womit sie euch kommen könnten«, sagte die Mitarbeiterin und ging gleich voll auf uns los. »Und was ist damit?« – »Ach wirklich? Ihre Aussage hat sich ganz anders angehört … und wann soll das genau gewesen sein? Nein, warten Sie auf die Übersetzung. Bitte übersetzen …«

Nach dem Maßstab der Allgemeinen Erklärung der Menschenrechte hatte Koli eindeutig gute Chancen, aber hey, man weiß ja nie, was bei diesen Sachen schiefgehen kann, sagen die Anwälte. Mir platzte fast der Kopf vor lauter Informationen und dem dauernden Sprachenwechsel. Mein Kreislauf war sowieso von einem Saufgelage am Vorabend angegriffen, bei einem bekannten iranisch-amerikanischen Künstler zu Hause. Die Kids waren mitgekommen und es war ganz okay gewesen. Auf Bitten des Gastgebers hatte ich ein paar Stücke gespielt, und ein paar andere Leute auch. Wein und Schnaps flossen in Strömen, wirklich lustig, aber die nur ein, zwei Stunden Schlaf und der lange Tag im Büro, um mir die Miete zu verdienen, dazu der Ernst der vor uns liegenden Aufgabe, all das machte mir schwer zu schaffen.

Mein linker Herzvorhof wurde nicht mehr ausreichend mit Blut versorgt, und meine Pulmonalvene brauchte offenbar etwas, das sie nicht bekam. Das war jedenfalls meine Selbstdiagnose, und ich konnte es kaum erwarten, mit der Selbstmedikation anzufangen. Nach etwa drei Stunden waren die Anwälte mit uns fertig und schickten uns mit reichlich Haus- und Rechercheaufgaben auf den letzten Drücker heim, mit Nachträgen zur offiziellen Aussage und massig Material zum Auswendiglernen. Koli schien um Jahre zu altern. Wir gehen sowieso nicht zu den üblichen Zeiten schlafen, Koli geht normalerweise um acht Uhr morgens ins Bett, also hatte es keinen Zweck, zu versuchen jetzt zu schlafen. Wir beschlossen, so viel Speed einzuwerfen, wie wir konnten, und einfach durchzumachen. Scheiße, je fertiger Koli aussah, desto besser, oder? Er fürchtete schließlich angeblich um sein Leben. Wenn man ihn zurückschickte, würde er im Gefängnis landen. Kaum wäre das Flugzeug in Teheran gelandet, würde man ihn packen, durch die Straßen schleifen, öffentlich auspeitschen und später im Stadtzentrum hängen. Das glaubte ich jedenfalls, und meine Position als Dolmetscher verlangte von mir, mich an Kolis Stelle zu versetzen und jedes Fitzelchen Angst zu erleben, das er erlebte.

Das war nicht lustig. Das war die Stunde der Wahrheit. Man hat im Asylverfahren mehr als eine Chance, aber nach einer ersten Ablehnung wird der Erfolg natürlich ein wenig unwahrscheinlicher, also war es zwingend notwendig, dass wir dem Richter oder Beamten, oder wie immer sie sich nannten, zutexteten wie sonst was, damit dieser junge Mann Asyl in den United States erhielt.

Also blieben wir die ganze Nacht auf und lernten seine Aussage auswendig, die fast vierzig Seiten lang war und voller Namen, Daten und Orte. Gegen fünf Uhr morgens wurde mir langsam ein wenig komisch und ich rauchte ein bisschen Hasch und bat Koli, darauf zu achten, dass ich früh genug wach wurde, um noch duschen zu können.

»Willst du Frühstück?«, fragte Koli, als ich aus der Dusche kam.

»Ach, scheiß drauf, gib mir einfach noch eine Pille. Ich krieg noch nichts runter«, sagte ich.

Die Asylstelle ist am Arsch der Welt, am äußersten Ende von Queens. Wirklich abgefuckt, die ganzen Immigranten an so einem Ort um ihr Leben betteln zu lassen. Ich möchte wirklich mal wissen, was für ein sadistisches Arschloch sich das ausgedacht hat. Da steht eines dieser Bürogebäude, wie sie in den Achtzigern in ganz Amerika gebaut worden sind, in Dallas gibt es sie zum Beispiel an jeder Ecke, oder in Atlanta, Charlotte, überall; sie strahlen die monumentale Besessenheit dieses Jahrzehnts mit Hässlichkeit, Habgier und Effizienz aus. In der Eingangshalle mit ihrem protzigen Halbatrium stehen schaurige Abgüsse griechischer Statuen, Plastikpflanzen, ein kaputter Springbrunnen; in einem schmuddeligen Diner gibt es Billigfraß. Alle Termine sind ganz frühmorgens, und wer zu spät kommt, hat Pech gehabt. Deshalb haben sie das Amt wohl auch so weit draußen untergebracht. Es gibt keinen U-Bahnhof in der Nähe. Man muss mit der U-Bahn bis zur letzten Haltestelle und dann noch 45 Minuten Bus fahren, damit man um sieben Uhr morgens zu seinem Termin am Stadtrand pünktlich kommt. Aber hey, wenn man in den USA bleiben will, sollte das doch kein Problem sein, oder? Wir nahmen den Transporter der Kids und mussten uns nicht mit dem öffentlichen Nahverkehr abquälen, aber sogar mit dem GPS auf Kolis Telefon war der Laden schwer zu finden. Wir waren ein paar Minuten zu früh und standen mit den ganzen anderen Immigranten Schlange. Die meisten sahen chinesisch aus, viele kamen aus den arabischen Staaten, und natürlich gab es auch viele Afrikaner.

»Leeren Sie Ihre Hosentaschen aus, legen Sie alles in die Schale, nehmen Sie die Gürtel ab und halten Sie Ihren Ausweis bereit«, brüllte eine sehr massige und ernste schwarze Securityfrau alle an.

»Hey, die Beatles sind da«, sagte sie mit breitem koketten Lächeln, als sie an uns vorbeikam. Koli und ich grinsten und nickten ihr zu.

Nach der Sicherheitskontrolle saßen wir im Wartebereich und warteten auf Kolis Anwälte.

»Gib mir lieber noch eine von diesen Pillen«, sagte ich Koli, und er gab mir eine und sagte: »Sieh dir die ganzen Chinesen an, die sind so angezogen, als wäre ihnen alles egal.«

»Ist es ja auch«, sagte ich, bevor ich die Pille einwarf. »Sieh sie dir an, die haben immer einen Anwalt für zehn oder fünfzehn Leute. Die kommen als Schuldknechte hier rüber, und während sie ihre gigantischen Schulden abarbeiten, was ihnen nie gelingen wird, stellt ihr Boss ihnen einen billigen Anwalt. Scheiße, wenn sie abgelehnt werden, arbeiten sie als Illegale weiter, ist doch egal. Sieh nur, wie entspannt und desinteressiert die alle sind. So sieht man aus, wenn man sowieso am Arsch ist.«

»Na ja, ich mach mir gleich vor Angst in die Hose«, sagte Koli.

»Sehr gut, das ist die richtige Einstellung«, sagte ich.

Da kamen die Anwälte. Koli hatte für den Rechtsbeistand eine heftige Summe hingelegt, sie wollten zeigen, was sie konnten, und sahen gefährlich aus, außerdem zeigten sie viel Brust und Bein.

»Hoffentlich ist der Richter ein Mann, Koli, sieh dir die beiden an.«

»Ja, das sieht nach voller Kampfbereitschaft aus, oder?«

Die Anwältin und ihre Mitarbeiterin setzten sich zu uns und waren ihrerseits von unserer Aufmachung beeindruckt.

»Ihr habt euch aber schön gemacht, Jungs«, sagte die Anwältin und ihre Mitarbeiterin nickte zustimmend. Alle starrten uns jetzt an. Was sind das für Leute?, schienen sie zu fragen. Wir sahen nach einem ganz schweren Fall aus. Als der Richter/Beamte des Department of Homeland Security kam und uns begrüßte, sah er verblüfft und aufgeregt aus. Von da an darf ich nicht mehr wirklich sagen, was passiert ist, die Spitzenanwälte und die Regierung der Vereinigten Staaten haben mich zum Stillschweigen verpflichtet, aber dass es eine ziemlich geile Show war, darf ich verraten. Was wir dem armen Agenten da serviert haben, ganz ohne Übertreibung natürlich, war denkwürdig. Er wusste sich keinen Reim auf die ganzen grausigen Einzelheiten zu machen, die an Nazi-Verhörmethoden erinnerten, auf die Schauergeschichten von Einkerkerung, Folter und der Kampagne der iranischen Regierung, um das Leben eines jungen Mannes zu zerstören und aller, die ihm gleichen. Kein Wunder, dass wir das Büro nach sechs Stunden Kreuzverhör mit kaum einer Pause voller Zuversicht verließen.

»Jetzt wird gefeiert«, sagte die Anwältin. »Ich gebe einen aus.« Was natürlich bedeutete, dass die Getränke auf Kolis Rechnung landen würden, aber scheiß drauf, sein Vater war reich.

»Dieses Dolmetscherding hast du ziemlich gut drauf«, sagte die Mitarbeiterin auf dem Weg zum Laster zu mir.

»Ja, da sehe ich eine große Zukunft vor mir. Ich kann mir am Flughafen einen Stand mieten und sie mir sofort abgreifen, wenn sie aus dem Flugzeug kommen. Ich nehme fünfhundert Dollar pro Person, das wird ein florierendes Geschäft. Natürlich brauche ich vorher hübsch Rechtsberatung, da sehen wir uns dann.«

Shiraz

Ich erweise meine Ehre den Gefallenen des Krieges, der meine Kindheit bestimmt hat, besonders den Kindern, den Glücklichen. Ich meinerseits hatte weniger Glück und blieb verschont. Durch teuflische Zwangsdenke manipulierte man mich so, dass ich froh war, noch am Leben zu sein, aber im Grunde meines Herzens fand ich, dass die Glücklichen von den Bomben und Kugeln dahingerafft worden waren. Im Gas und Raketenbeschuss krepiert. Auf direktem Weg zurück in die ewige Behaglichkeit der Geisterwelt. Auch meine Knabenzeit haben diese Bomben mir genommen. In alle Ewigkeit werde ich mich fürchten vor ihrem teuflischen donnernden Lärm und dem Höllenfeuer ihrer grässlichen monströsen Pilzwolken, blutrot an der Wurzel und schwarz wie die Nacht, wenn sie zentrifugal himmelwärts steigen. Ein Kind kann den Krieg unmöglich verstehen. Wie sollte es dann ein Erwachsener können? Nicht so sehr den wirtschaftlichen Schaden natürlich oder den soziopolitischen. Nicht die Verluste an Menschenleben oder die Schäden durch Flucht und Vertreibung, sondern die unfassbare spirituelle Zerstörung, den Marsch nach Rückwärts, die Umkehrung des Wachstums, die Atrophie. Ein Kind kann unendlich viel mehr trauern als ein Erwachsener. Eine stille Trauer ist das, eine schwächliche, allumfassende, allbesitzende ewige Trauer. Ein Kind versteht nur zu schnell, in was für eine Welt es geraten ist. Wie viele Grimassen die Erwachsenen auch ziehen, den Kindern fällt das Lachen schwer und sie lachen, wenn überhaupt, um die dummen Erwachsenen glücklich zu machen.

Damals, im Krieg, bin ich jede Nacht aus voller Kehle schreiend aufgewacht. Die Haare standen einem zu Berge, die Eltern kamen reingerannt, der Schweiß lief mir runter und ich kreischte. Ich muss neun oder zehn gewesen sein, und weil ich der Älteste war, nahm ich mich für ein Kind ziemlich ernst. Ich fand es nicht sehr lustig, dass ich meine Mutter und meinen Vater jede Nacht anmarschieren ließ, um mich zu trösten. Während des Krieges wohnten wir die meiste Zeit über in Shiraz. Mein Vater war in der Luftwaffe, deshalb wohnten wir auf dem Stützpunkt, im vierten Stock einer Offizierskaserne. Vom zweiten Stock an abwärts war das Gebäude angeblich bombensicher, also wurden wir Kinder von meiner Mutter geweckt und ins Erdgeschoss gebracht, wenn um drei oder vier Uhr morgens der allnächtliche Luftalarm kam.

Auf dem Weg treppab, über die Außentreppen, konnte man sehen, wie die Flak in der ganzen Stadt verteilt grellrote Munition in den Nachthimmel schoss, in rotglühender Folge knatterten die Granaten in die Luft und detonierten, eine nach der anderen, ein paar Tausend Fuß über uns. Flugzeuge wurden dabei offenbar nie abgeschossen, denn die Feindflugzeuge hielten sich immer knapp über der Reichweite der Flak, warfen ein paar Bomben ab und drehten so schnell wie möglich wieder ab, auf der Flucht vor unseren Abfangjägern. Diese Bomben beschädigten höchstens ein paar Wohnhäuser oder setzten einen Straßenzug in Brand, weil sie Gasexplosionen auslösten. Es war nicht wie im London des Zweiten Weltkrieges oder in Vietnam, wo jede Nacht ein paar Fliegerstaffeln auftauchten, aber ein, zwei Düsenjets waren es doch, zumindest jede zweite Nacht oder sonst irgendwann; darum ging es ja: Sie würden kommen, wenn nicht heute, dann eben morgen. Das nennt man psychologische Kriegsführung, die sich vor allem gegen die Zivilbevölkerung richtet und bei Kindern natürlich am besten funktioniert. Im Erdgeschoss ging es in eine Nachbarwohnung (die Bewohner, ein Offizier und seine Frau, mit Kindern, hatten sich plötzlich nicht mehr nur um die Ihren zu kümmern, sondern auch noch um die zwanzig bis dreißig Fremde im Flur).

Sobald die Sirenen ertönen, gehen in der ganzen Stadt die Lichter aus. Das Elektrizitätswerk legt den Schalter um, und RUMMS! ist alles dunkel. Niemand darf noch ein Streichholz anzünden, eine Taschenlampe einschalten, grinsen mit einem blitzenden Goldzahn im Mund, denn wenn die ganze Stadt im Dunkeln liegt, kann man angeblich noch den kleinsten Lichtschimmer sehen, und man darf den feindlichen Piloten kein erkennbares Ziel bieten. Wir drängten uns alle in einem Flur ohne Außenwände und saßen den Luftangriff aus. Unweigerlich hörten wir die Detonationen der Bomben. Noch Kilometer vom Epizentrum ist das Geräusch genauso eindringlich wie dort. Das Donnern konnte nur eines bedeuten, Tod und Vernichtung. Nach zehn oder fünfzehn Minuten war das ganze Affentheater vorbei.

Morgens gingen wir zur Schule wie normale Kinder, mit plötzlichen Luftschutzübungen drei oder vier Mal täglich. Die Lehrer achteten darauf, dass wir diese Übungen ernst nahmen, und alles Rumgealbere wurde streng bestraft. Die meisten von uns kümmerte das nicht sehr. Den Stützpunkt würden sie nie treffen, sagten wir uns alle, bis zum ersten Bombentreffer auf dem Stützpunkt, in das Gymnasium direkt hinter unserer Grundschule. Als an jenem Tag die Sirenen losgingen, waren mein Freund Reza und ich nach der Pause als Erste wieder im Klassenzimmer. Normalerweise hatte man bei Luftalarm zwei, drei Minuten Zeit, um in Deckung zu gehen, aber diesmal waren die Detonationen scharf und kamen schnell näher, und als wir uns alle zu Boden warfen, zersplitterten im Klassenzimmer die Fensterscheiben. Reza stand in Fensternähe, und ich sehe noch sein ängstliches Neunjährigengesicht vor mir, als rund um ihn herum das Glas zu Bruch ging, seinen Körper bedeckte und ihm das Gesicht zerritzte. Später erfuhren wir, wie viele Oberschüler ums Leben gekommen waren, aber ich glaube nicht, dass die ganze Sache mich traurig gemacht hätte. Doch das Gefühl, Glück gehabt zu haben, hatte ich sehr wohl.

An viele Zwischenfälle kann ich mich nicht erinnern. Ich sah Flugzeuge, die in einem Kilometer Entfernung Bomben abwarfen. Ich sah riesige, furchterregende schwarze Rauchwolken, als sie in zehn Kilometern Entfernung die Ölraffinerie getroffen hatten. Eine Zeit lang waren Langstreckenraketen in Mode, und ich konnte sie uns täglich über die Köpfe fliegen sehen. Auch das Fernsehen war voller Bilder von der

Front. Ich kann mich an viel erinnern. Acht Jahre lang gab es nichts anderes, und wir waren mittendrin. Der Krieg war das einzige Thema, man hörte endlose Geschichten. Immer hatte man einen Freund, dessen Vater in seinem Flugzeug abgestürzt oder abgeschossen worden war. Einen Absturz habe ich sogar miterlebt, eine Explosion direkt vor meinen Augen. Am nächsten Tag achteten wir immer darauf, dass das Kind, das gerade seinen Vater verloren hatte, beim Fußballspielen als erstes in die Mannschaft gewählt wurde oder Süßigkeiten und Beileidsbekundungen bekam.

Ich weiß noch, dass ich glaubte, großes Glück zu haben, weil mein Vater all seine Lufteinsätze überlebte, aber schon damals wusste ich über das Glück, dass es sich jederzeit wenden konnte. Dieses Bewusstsein muss mir ganz schön Angst gemacht haben, daher vermutlich die nächtlichen Schreikrämpfe. Es war auch nicht nur der Krieg. Das ganze Land war in dieser Zeit in seinen Grundfesten erschüttert und schwer verstört.

Irgendwann schrie ich nachts nicht mehr, die Emigration aus dem Iran muss geholfen haben. Deutschland war ganz anders. Einwanderer sein war nicht einfach, aber viel besser, als an einem so explosiven Ort wie dem Iran zu leben. Im Iran war ich ein ganz braver Junge gewesen, ein Musterschüler, aber in Deutschland veränderte ich mich. Mir war wohl klar, dass es mit dem Glück jederzeit vorbei sein konnte, also trieb ich mich mit den wilden Kids herum. Soweit ich es beurteilen konnte, gab es sowieso keine Sicherheit. Alles konnte augenblicklich ein feuriges sinnloses Ende finden, ganz ohne Grund, jedenfalls ohne einen, der sich befriedigend erklären ließe. Auch mit Deutschland war es irgendwann vorbei, und dann ging es nach Amerika. Amerika!

Amerika! Ganz unglaublich, das alles, und eine Zeit lang auch sehr schwierig. Immer fragte ich mich, so wie ich es auch heute noch tue, wann es vorbei sein würde.

So einfach ist das nicht. Einfach abschalten geht nicht. Ich habe ein Herz. Es ist voller Spinnweben und krankt an Problemen mit den Rohrleitungen (Gene, Kokain, Zigaretten, Alkohol, Stress, kein Sport usw.), aber Scheiße, das ist richtig gutes Herz. Ich habe es vor tausend Jahren bekommen, und es hat sich nicht verändert.

Toronto

Die Kids beenden ein Interview mit einer kanadischen Filmcrew, die eine Doku über iranischen Underground-Rock drehen. Der Interviewer fragt sie dauernd nach Politik und dem Underground-Ideal der Reinheit. Die Kids haben mit dieser Form von Reinheit nichts am Hut, sagen deutlich, dass sie nicht auf ihrer Liste steht, dass sie nur *underground* sind, weil sie im Iran legal keine Rockmusik machen durften. Das verstehen die Kanadier einfach nicht.

»Aber ihr müsst doch ein politisches Anliegen haben«, bohren sie immer wieder nach. An Ende muss ich mich einmischen und den Canucken den Kopf zurechtsetzen.

»Die politische Lage ist ihnen egal, sie sind unpolitisch, sie sind einfach nur Musiker«, sage ich. Oh, aber bitte, sie haben doch bestimmt eine Meinung zu den illegalen Wahlen im Iran und so weiter, insistieren sie. Nein, haben sie nicht, sie sind einfach Musiker. Schließlich ziehen die Kanadier ab, ohne etwas verstanden zu haben, aber scheiß drauf, sie machen ihre Dokufilme ja mit Staatskohle.

»Ich glaube, mit meinem Schwanz stimmt was nicht«,

eröffnet Siamak uns bei Tisch. Wir rauchen einen Joint, hatten kein Geld, uns selber Gras zu kaufen, also war ich rüber zu den französischen Nachbarn und hatte um eine Subvention gebeten.

»Was ist denn los mit deinem Schwanz?«, frage ich.

»Irgendwie geschwollen«, sagt er verlegen.

»Rote Pickel?«, frage ich nach.

»Nein. Bloß gerötet und geschwollen, juckt ein bisschen.« Er hatte das ganze Wochenende mit einem neuen Mädchen verbracht, einer Go-go-Tänzerin. Ziemlich laut.

»Du musst dir den Schwanz waschen, Siamak«, sage ich ihm.

»Hä?«

»Was denn, glaubst du etwa, du kannst einfach so Tag und Nacht durchrammeln, ohne Pause? Nach einer guten Nummer entschuldigst du dich, gießt dir ein wenig Wasser auf deinen kleinen Freund und trocknest ihn ab. Machst ihn frisch«, rate ich ihm.

»Ach, echt?«, sagt er.

»Yeah! Scheiße, früher haben sie sich die Schwänze gepudert«, sagte ich und die Kids lachen.

»Hör auf die Altvorderen, du Sau«, sagt Koli. »Den kannst du vergessen, Ali. Ein Wunder, dass es überhaupt ein Mädchen so lange neben ihm aushält, dass etwas läuft, so wie der riecht. Du stinkst, Siamak! Dir den Schwanz waschen? Überhaupt mal waschen! Geh duschen, du alte Drecksau!«

Sie fallen gerne über Siamak her, damit er nicht zu eingebildet wird als Leadsänger und so. Er trägt es mit Fassung und ätzt immer ein bisschen zurück, ohne viel Erfolg.

»Das ist sowieso eine dreckige kleine Nutte«, sagt Manuchehr. »Wo treibst du bloß immer diese Schlampen auf?«

»Ich mag Nutten, weißt du doch. Und sie mögen mich auch.«

»Klar, Nutten fliegen auf völlig unmoralische Männer mit viel Geld in der Tasche. Sag Bescheid, wenn ich bei ihr randarf, okay? Lass noch was von ihr übrig. Scheiße, du fickst wie ein Kamel. Irgendwann habe ich gedacht, du bringst sie um.«

Manchmal wird man aus dem Rhythmus gebracht, und dann bricht alles zusammen. Ich lief gerade in New York rum und zog meine allerbeste Playboynummer ab, da musste ich für dreizehn Tage nach Toronto, für ein neues Musikprojekt mit ein bisschen Geld. Einer aus Daris Band, Sheerdad, hatte mich überzeugt, mit ihm für Geld zu singen. Ein brutaler Typ mit brutalem Anspruch auf die Weltherrschaft, der gerade auf irgendeine billige Tussi da oben in Kanada stand. Das Arschloch hatte mir angemessene Unterbringung versprochen mit eigenem Zimmer bei einer seiner lieben Freundinnen, die mir Tag und Nacht die leckersten Sachen kochen würde. Natürlich hätte ich diesem Gierbeutel niemals trauen dürfen, aber vielleicht hatte die Gier mich selbst ein bisschen gepackt, vor allem natürlich die auf das Geld. Wenn du Hunger hast, wirst du komisch und verbittert, und niemand, der nicht selber Hunger hat, kann über deine Sünden richten.

Sheerdad beschrieb mir den Weg zu meiner Unterkunft und ging seine Freundin poppen. Ich nahm die Straßenbahn, und bald darauf klopfte ich bei einer Fremden an, die mir erstens nur eine Couch mitten in ihrer Atelierwohnung anbieten konnte, und zweitens auf Diät war und gar nicht kochte, für niemanden, weder tags noch nachts. Ich fand die ganze Sache von Anfang an ziemlich mies, aber ich konnte nur gute Miene zum bösen Spiel machen. Irgendwann, vom Pennen bei einer Fremden, immer knapp bei Kasse, ohne anständige Klamotten, mit denen ich gegen die Eiseskälte des Herbstes in Toronto hätte bestehen können, kam ich ziemlich scheiße drauf. Ich verlor den Killerinstinkt, in der Liebe wie im Geschäftlichen.

Sheerdad war wirklich keine Hilfe und unter den Frauen, die grüppchenweise auftauchten und denen ich vorgestellt wurde, gab es irgendeine stille Absprache, dass ich nicht angerührt werden durfte. Die meisten, mit denen wir abhingen, waren Iraner, jeder kannte jeden. In so einer Lage wäre jede Frau, die auch nur so tat, als würde sie etwas mit einem Fremden anfangen, ein Leben lang als Hure abgestempelt. Diese Dinge sind tief in der iranischen Kultur verwurzelt und stecken selbst den meisten modernen Iranern noch in den Knochen. Aus irgendeinem Grund vergisst die iranische Frau manchmal, dass sie eine Vagina hat. (Vielleicht erinnert sie sich auch nur daran, was für Brutalos wir iranischen Männer sein können.)

Es gab da oben wirklich nichts für mich zu tun. Ich war in Toronto schon ein paarmal auf Festivals aufgetreten und stand sowieso nicht so auf die Gegend. Ist als Stadt architektonisch nicht gerade ein Hingucker. Bis zum Abend unseres Auftritts hatte ich ganz auf cool gemacht, jedenfalls was Frauen anging, aber hinterher wollte ich wirklich was losmachen. Da war ein Mädchen, das offenbar bereit war, ihre Stammesbindungen zu überwinden, als sie uns spielen gesehen hatte, aber es gab logistische Probleme: Ich musste beim Abbauen helfen und mit Sheerdad und seiner Freundin alles bei einer anderen Freundin abstellen, und dann mit in die Bar, die sie sich am anderen Ende der Stadt ausgesucht hatten. Die Bar war brüllend voll und keiner hatte unseren Auftritt gesehen. Ich war unangenehm zugekokst, ausgehungert und hatte zu viel Whiskey getrunken, was mich unleidlich machte, und natürlich wurde ich ständig grundlos angerempelt.

Entschuldigung! – Selber Entschuldigung, Alter! – He, du bist mir gerade auf die Füße getreten … – Dann verpiss dich doch einfach …

Ich hatte wirklich keinen Bock auf eine kanadische Kneipenschlägerei, also murmelte ich Sheerdad und seinem Mädchen ein schnelles Good-bye zu, gurkte dann in drei oder vier Taxis durch die Stadt, zu irgendwelchen Leuten, die mich nach dem Auftritt zu sich eingeladen hatten, und versuchte, mich an einen dranzuhängen, der gesagt hatte, er habe jede Menge Koks und wolle Party machen. Ich solle hier höchstens eine Stunde auf ihn warten. Natürlich kommt er erst, als alle Mädchen, pardon, das einzige Mädchen, das zu haben ist, mit ihrer Freundin und deren affigem Lover abgezogen ist. Der Typ, in dessen Atelierwohnung ich schließlich landete, war eigentlich ganz nett, stand aber auf sinnlose Diskussionen zu Themen, die Menschen, denen es wirtschaftlich und sozial offenbar gut geht, gerne ohne Ende zerreden.

»Hör mal«, sagte ich schließlich. »Ahmadinedschad kann mich mal, die iranische Regierung kann mich mal, die UN können mich mal, und du kannst mich auch mal! Okay? Du hast echt keine Peilung. Ruf mich in ein paar Tagen in New York an, Ferngespräch. Dann kaue ich dir mal die Ohren ab, bis du dieses Zeug endlich geschnallt hast. Du bist wirklich ein lieber reicher Junge, also halt dich an deinen oberwichtigen Superjob im kanadischen Ministerium für was weiß ich und halt einfach die Fresse, ja?«

Das gefiel ihm nicht so gut, was mir aber ziemlich egal war. Inzwischen war die Sonne gerade im Begriff, hinter dem Ontariosee aufzugehen. Vor den Panaromafenstern der Wohnung meines Freundes im 23. Stock konnte man deutlich das Wasser sehen. Na, was soll's? Ich hatte hier mindestens vier oder fünf große Gläser Absinth auf Eis mit einem Spritzer Wasser getrunken und brauchte dringend das Koks, um wachzubleiben, wozu, das weiß der Himmel. Nun, mein Freund, der das Kokain gekauft hatte, kam dann auf die Idee, in den Puff zu gehen. Na gut, ich hatte ja die ganze Kohle vom Auftritt dabei und konnte auf dicke Brieftasche machen, also scheiß drauf.

Und dann hieß es »Wie wäre es mit diesem ... was ist mit ihr ... und ich habe einen Freund ...« und immer so weiter, bis schmerzlich klar wurde, dass sechs Uhr morgens irgendwie nicht die ideale Zeit war, um in Toronto Prostituierte aufzutreiben. Die Massagesalons und Badehäuser hatten sowieso alle zu.

»Herrgott! Ganz schön lahm hier! Scheiße, in New York oder New Orleans, sogar in Nashville kann man Tag und Nacht einen Puff finden! Und ihr wollt diese Stadt hier ernsthaft mit New York vergleichen?«, schrie ich.

Wir suchten online Hilfe. Nach langen Debatten einigten wir uns auf eine Asiatin, die uns telefonisch mehrfach versicherte, dass sie das Mädchen auf dem Foto sei.

»Okay, ich frage dich ein letztes Mal, damit es keine Missverständnisse gibt, okay? Bist du auch ganz bestimmt das Mädchen auf dem Foto? Weil, sonst lassen wir dich nicht rein ... okay. Ja, zwei Typen garantiert und vielleicht noch einer dazu«, sagt mein Freund mit Nachdruck.

»Sie schwört, dass sie es ist.«

»Das ist sie auf gar keinen Fall, ich wette um den Fickpreis, dass sie es nicht ist«, setzt der Politikfreak völlig überzeugt hinzu.

»Na, sie ist ja gleich da. Übrigens, bei mir ist gerade das Bargeld knapp. Ich kann natürlich mit Karte zahlen …«

»Schon okay, ich mach das für dich«, sagte ich Idiot. Der Typ hat einen Porsche und besitzt in der ganzen Stadt Immobilien, und ich zahle ihm jetzt die Nuttenrechnung. Kurz darauf fahren wir mit dem Fahrstuhl runter, um sie abzuholen, sie steht vor der Tür, sieht auf den ersten Blick ganz okay aus, schöner Körper. Auf den zweiten Blick ist das Gesicht nicht so toll, aber schrecklich ist es auch nicht. Das Mädchen auf dem Foto ist sie nicht.

»Hallo«, sagt mein Freund.

»Ah, hallo«, antwortet sie. Ihr Englisch ist kaum zu verstehen.

Wir nehmen sie im Fahrstuhl mit nach oben in die Wohnung. Sie ist die ganze Zeit über neckisch, aber kaum sind wir drinnen und sie hat Hut und Mantel abgelegt, geht es sofort ums Geld. Sie will das Geld sofort, was natürlich verständlich ist, aber zwei Typen reichen ihr nicht.

»Ihr habt drei gesagt, nicht zwei. Ich komme wegen drei.«

»Nein, vielleicht drei, das habe ich gesagt«, sagt mein Freund entschieden. Die Frage wird rasch geklärt und die Sache läuft wieder.

»Okay, dann los. Wer? Du?«, sagt sie uns, zeigt auf mich, aber ich schüttele den Kopf.

»Komm schon, koks doch erst mal was«, sagt mein Freund.

»Ooh, Koks? Nein.«

»Doch. Jetzt komm schon.« Er lässt nicht locker.

Sie nimmt etwas und trinkt einen Wodka. Ich lasse meinem Freund den Vortritt. Ich bin noch nicht so weit. Sie ist zu geschäftsmäßig drauf. Eine gute Prostituierte weiß, was sie tun muss, damit du die Erfahrung genießt, weiß, was du brauchst, stellt lebenslange Kundenbindung her. Na ja, diese hier nicht, bei der ist alles Mathe und Mechanik. Sie gehen also ins Schlafzimmer und brauchen ungefähr dreißig Minuten. Während er sie stößt wie wild, schreit sie die längste Zeit. Als sie fertig sind, ist sie völlig am Ende und kommt mir wie ein anderer Mensch vor. Ich bin dran. Wir gehen rein. Sie will gleich loslegen.

»Mach doch mal fünf Minuten Pause«, sage ich sanft.

»Nein«, sagt sie verbissen, zieht mir die Hosen runter und fängt an, mir total mechanisch einen zu blasen. Ich unterbreche sie sofort und bitte sie noch mal, kurz Pause zu machen, mit mir zusammen. Sie will nichts davon wissen.

»Hör mal, vergessen wir das Ganze. Das wird nichts. Du kannst gehen«, sage ich nach ein paar fruchtlosen Minuten, und sie geht.

Ein paar Stunden später wache ich auf dem Ausziehsofa auf, die Sonne scheint mir ins Gesicht, und ich werfe einen furchtsamen verkaterten Blick auf den See. In Ufernähe ist er schon zugefroren. Kalt und verlassen sieht er aus, wie der Tod. Mein Geld ist fast ganz weg und die Zukunftsangst lässt mir das Rückgrat erzittern, aber wenigstens ist alles ganz klar. Ich bin wirklich ein Würstchen, völlig verpeilt. Ein Loser.

Danach musste ich so schnell wie möglich raus aus Toronto und zurück nach New York. Der ganze Scheißtrip war ein Fehler. Ich kam mir vor wie ein Zirkusäffchen. Wir hatten nämlich Geld bei unseren eigenen Leuten verdienen wollen, in der iranischen Diaspora, und das hatten wir auch getan.

Aber Iraner sollte man meiden, so gut es geht. Man wird kaum Rock 'n' Roller unter ihnen finden. Ich achtete überall darauf, immer der durchgeknallteste Typ im Raum zu sein, und meistens war ich es auch. Irgendwie betrachten alle Iraner die Absichten ihrer Landsleute mit tiefem Misstrauen. Ich hatte immer versucht, nicht in diese Falle zu tappen, aber nun hatte es mich wohl doch noch erwischt.

Jetzt war es Zeit, mich auf den Rückweg zu machen und zu Hause alles wieder geregelt zu bekommen. Hoffentlich würde ich Arbeit haben, wenn ich wieder dort war. Ich verabschiedete mich von Sheerdad und den anderen und versuchte gleichzeitig, das Koks aufzubrauchen, das vom vergangenen Abend übrig war. Der Bus fuhr um elf Uhr abends Eastern Standard Time und ich war total zittrig. Das kleine Tütchen war noch immer ziemlich voll und ich hatte es im Bus mittels mehrerer Toilettenbesuche leer machen wollen. Nach dem zweiten oder dritten Ausflug sah ich im Spiegel, wie stark meine Pupillen vergrößert waren, und erschrak. In einer halben Stunde wären wir an der Grenze, wo mich die Zollbeamten mit offenen Armen erwarteten. Ich hatte schon Ärger mit den Ärschen. Meine Einreise nach Kanada war nicht problemlos abgegangen.

»Haben Sie eine Rückfahrkarte?«, hatte die Grenzbeamtin mich gefragt.

»Nein.«

»Wie viel Bargeld führen Sie mit, Sir?«

»Ach, nicht viel. Dreißig Dollar oder so.«

»Kreditkarten?«

»Nein.«

»Bitte kommen Sie mit.« Sie führte mich durch ein paar Türen auf die andere Seite.

»Warten Sie hier auf den nächsten verfügbaren Beamten«, sagte sie.

Was? Wo? Wann, o Herr? Ich wartete in der Schlange, bis ich an den Schalter durfte.

»Was ist der Grund für Ihren Besuch in Kanada?«, fragte mich ein bleichgesichtiger Beamter.

»Ach, einfach Freunde besuchen.«

»Reisen Sie mit jemandem zusammen und wann wollen Sie zurückfahren?«

»Nein, allein, und zurück fahre ich in ein paar Wochen oder so.«

»Wie werden Sie für ihren Unterhalt aufkommen und womit wollen Sie die Fahrkarte für die Rückfahrt bezahlen?«

»Ich habe einen Freund, der mir Geld leiht.«

Danach fiel das ganze Kartenhaus ziemlich schnell in sich zusammen. Sheerdad und ich hatten nämlich beschlossen – auf seine Bitte hin –, nicht zu erwähnen, dass wir zusammen reisten und da oben einen Auftritt hatten, damit wir kein Arbeitsvisum brauchten und keine Steuern zahlen mussten. Der Beamte fragte mich jetzt, wo ich unterkommen würde, und als er den Mann anrief, dem ich nie begegnet war, bei dem ich aber angeblich wohnen würde, bekam er von ihm nur den Namen von Sheerdad.

»Also, davon, dass Sie dort wohnen, hat er nichts gesagt, aber wer ist Sheerdad?«

»Ach, ja … ein Freund von mir … im gleichen Bus … schon klar, ich habe ihn nicht erwähnt, aber heißt zusammen reisen nicht, dass man mit jemandem aus seiner Familie reist oder seiner Frau oder so?«, sagte ich und stellte mich dumm.

»Nein, Sir, zusammen reisen heißt einfach zusammen reisen. Mit jemandem unterwegs sein.«

»Ach so. Tut mir leid. Hören Sie, ich kenne da oben nicht so viele Leute. Ich musste einfach nur mal raus aus New York und neue Menschen kennenlernen. Andere Künstler, wissen Sie …«

»Das klingt nicht gut. Ihre Geschichte hält nicht stand.«

»Hören Sie, es gibt keine Geschichte. Ich will nicht in Kanada bleiben. Ich bin Amerikaner. Ich lebe in New York, und wenn es irgendwie geht, möchte ich dort auch begraben werden«, sagte ich, inzwischen leicht genervt.

»Tut mir leid, Sir, aber …«

»Kann ich Ihnen nicht irgendwie beweisen, dass ich wieder ausreise? Ich will wirklich nicht in Kanada bleiben!«, unterbrach ich ihn frech. Nach großem Hin und Her beschloss er, mir die Einreise zu gestatten, unter der Bedingung, dass ich bei der Ausreise an der Grenze kehrtmachte und mich beim kanadischen Zoll meldete. Nur so könne er sichergehen, dass ich ihr geliebtes Kanada wieder verlassen hatte. Die Aufenthaltsgenehmigung beschränkte er auf zwei Wochen. Dann drückte er mir einen Stempel in meinen wunderschönen amerikanischen Pass und ließ mich fröhlich weiterziehen. Die schwache Wirtschaft in den Staaten, die vielen Menschen auf Steuerflucht und Arbeitssuche, dazu die vielen Jahre der schlechten respektlosen Behandlung von südlich der Grenze hatte diese Canucken großspurig und bösartig werden lassen. Jetzt konnten sie uns mal eins reinwürgen, und sie taten es nur zu gern.

Und nun, auf der Rückreise, starrte ich mir im schmutzigen Bustoilettenspiegel in die vergrößerten Pupillen, und mir kamen Zukunftsaussichten der übelsten Sorte. Beim Zoll sind die Büros immer hell beleuchtet, dachte ich, da können die Schweine dich richtig gut in Augenschein nehmen, und es musste noch immer massig Koks geschnupft werden. Ich fühlte mich nicht ganz wohl in meiner Haut.

Ich ging wieder an meinen Platz und versuchte, mich kurz locker zu machen. Man konnte das Koks nirgendwo verstecken, oder? Sie würden bestimmt einen Drogenspürhund durch den Bus jagen, eigentlich waren sie auf große Mengen aus, aber was, wenn sie dann ein kleines bisschen Koks fanden? Würden sie dann den ganzen Bus verhören, auch die alten Damen? Und wenn – was, wenn ihnen dann meine Glubschaugen auffielen, wenn ich an der Reihe war? Ob es dann einen Drogentest gab? »Das kommt von meiner Erkältungsmedizin, wissen Sie, sie tun Speed in die Kapseln. Ja, ich bin erkältet. Sehen Sie nicht, wie mir die Nase läuft?« Das wäre meine einzige Ausrede. Und das zwei Mal, auf beiden Seiten der Grenze?

Vergiss es. Eins nach dem anderen. Zuzusehen, wie das ganze schöne Kokain von der blauen Flüssigkeit ins Busklo gespült wurde, brach mir total das Herz. Ein Gefühl völliger Verlassenheit durchflutete meinen Körper, meinen Geist und meine Seele. Auf meiner ersten Kanadareise vor ein paar Jahren hatte ich aus Versehen ein bisschen Gras eingeschmuggelt, unbemerkt vom Zoll, warum konnte ich dann nicht auch mit ein bisschen Koks durchkommen? Der Bus hielt an der Grenzkontrolle, wir stiegen alle aus und standen zur Befragung Schlange. Der Typ vor mir wurde ziemlich heftig in die Mangel genommen, so wie schon ein paar andere mit ausländischen Pässen vor ihm. Ganz ruhig bleiben, cool, gefasst, wie ein guter Christenmensch, ein Botschafter des Herrn auf dem Heimweg aus dem kalten Norden, wo er die Frohe Botschaft verkündet hat, der nun zurückkehrt wie ein verlorener Sohn, um zu Hause weiter seine evangelikale Pflicht zu tun. Wer's glaubt, wird selig? Herrgott, Jesus hat sich mit Schurken und Prostituierten herumgetrieben, den Niedrigsten der Niedrigen! Da kann ein Junkie als Prediger doch kein Problem sein.

»Warum waren Sie in Kanada?«, fragte der Fettsack in Zolluniform hinter seinem schaurigen Schalter. Wie die meisten Grenzbeamten hatte er einen weißen Schnurrbart und Mordlust im Blick.

»Ach, einfach Freunde besuchen«, sagte ich mit meinem besten amerikanischen Akzent.

»Wo wollen Sie hin?«

»Nach New York.«

»Warum?«

»Ich wohne da.«

»Haben Sie mehr als tausend Dollar in bar bei sich?«

»Schön wär's«, kicherte ich.

»Ach ja?«, fragte er wie überrascht, dann sah er sich meinen Pass genauer an. »Was ist ihre ethnische Zugehörigkeit?«

Du lieber Gott, dachte ich. Jetzt geht's los.

»Türkisch?«, fragte er.

»Meine Eltern sind Iraner, aber wie Sie sehen …«

»Oh, ich rate nur immer gern, zum Privatvergnügen. Spielt sowieso keine Rolle, Sie sind amerikanischer Staatsbürger«, sagte er, ohne aufzublicken. Aber sicher doch, du mieses Stück Scheiße. Dann warf er mir den Pass hin.

»Bekomme ich kein ›Willkommen zu Hause‹?«, fragte ich ihn mit breitem Amerikanerlächeln.

»Na klar«, sagte er, ohne mich willkommen zu heißen.

Danach hatte ich nun wirklich keine Lust mehr, zurück auf die kanadische Seite zu gehen und mich zu melden oder abzumelden oder was immer sie von mir wollten. Scheiß auf die Konsequenzen. Noch ein Verhängnis, das mir dräute, auf meiner langen Liste. Ich würde keinen Fuß mehr auf kanadischen Boden setzen, bis die amerikanischen Ureinwohner der *Six Nations of the Grand River First Nation* Menschen wie mir Amnestie versprachen. Scheiße, es war gut, wieder in den U.S. of A. zu sein, meiner Heimat, dem Land, das ich liebe, wie kaputt es auch sein mag. Es ist immer noch besser als viele andere Gegenden, und ich fuhr ja nicht gerade nach Butte, Montana, nach El Paso oder meinetwegen Los Angeles zurück. Ich fuhr heim nach New York, für gute Zeiten, schlechte Zeiten.

#

Die Kids und ich spielen oft im Loft zusammen und in ihrem Probenraum, gute Musik, richtig gut, aber irgendwie wollen sie damit nicht weitermachen. Was soll ich sagen, der Altersunterschied vielleicht oder sie kennen mich inzwischen gut genug und wissen, dass ich nie richtig nach den Regeln spiele.

Ich liege mitten im Loft auf meinem Bett und grüble über die *conditio humana*, meine eigene *conditio* also. Endlich ist mal keiner da und es herrscht völlige Ruhe. Immer unterwegs, was? Immer die nächste Tour planen, die Taschen immer schon gepackt. Ich könnte ja auf diesen Güterzug nach Wyoming aufspringen, das Schiff nach Argentinien nehmen, Matrose werden, irgendwo auf einem Biobauernhof arbeiten, alles, nur nicht das hier.

Mein Geist faltet sich nach innen in die fünfte Dimension auf. Plötzlich eröffnen sich ganz neue geometrische Möglichkeiten. Ich bin in der Gewalt vorzeitlicher Kräfte. Ich bin ein Gefäß. Ein Schiff, das Energie durch Zeit und Raum transportiert. Karmische Lava spritzt mir aus allen Poren. Meine Kruste bleibt intakt, während mein innerster Kern zu Asche verbrennt. Ich befehle dir: aufstehen, Hosen anziehen, losgehen. Du darfst die Welt dein Zuhause nennen und sie durchwandern, auf ihr wandeln, wie es dir beliebt. Ich sehe mich, wie ich früher war, ich spüre es, ich bin es. Es gibt viel zu tun. Man darf nie aufgeben. Mein Geist zersplittert in tausend verschiedene Richtungen zugleich, Konzentrationsfragmentierung, Kopf platzt, überall Granatsplitter, Pilzwolken, Pausenraum 5. Klasse, Deutschland, Iran, Bomben, Sommer in Texas, Bullenhitze, Klimaanlagen, Wechselstrom, Nikola Tesla, Gleichstrom, künstliche Seelen, Gummimasken, Geld, Scheine, Münzen, Mutter, Tod, Leben, Geburt, Wonne, Kummer, weiße Sandstrände, Ferien, Taranteln, Leguane, Schlangen, Vipernschwingen des Todeshexers, engelsgleiches Sirenengeheul für das Volk der Verdammten vom Uhrenturm, nomadischer Stumpfsinn, zweckdienliche Anwendung der atmosphärischen und ozeanischen Theoreme für die nördliche Hemisphäre, Voodoovölker, Kopfjäger des Amazonas, Französisch-Papua-Neuguinea, Fidschi, Addis Abeba, das große Zāgros-Gebirge, der Berg Zion, Jesus, Judas, Maria Magdalena, die Apostel, Zarathustra, Blitz und Donner in der Wüste, die Sintflut.

Noah, o Noah, man hat mich gelehrt, dich Nooh zu rufen. Als Kind hat man mir deine Geschichte erzählt. Damals habe ich eine andere Sprache gesprochen. Ich war ein völlig anderer Mensch und wusste wohl nichts von meinem Schicksal, meiner Bestimmung, meiner Berufung, meiner Pflicht. All das war mir noch egal, aber ich hatte bombastische Visionen. Ich erträumte und ertagträumte mir regelmäßig, dass ich ein Kinderprophet sei, der nächste Auserwählte, das vorherbestimmte Wesen der Dunkelheit und des Lichts, Träger der Weisheit, ein Märtyrer, bereit, auf jeder nur erdenklichen Todesmaschine zu sterben.

#

Die Tür geht auf, ich erstarre, ich bin in meinen Körper zurückgeworfen, ich ziehe mir schnell die Decke über den Kopf und stelle mich schlafend. Siamak und Allison kommen herein und reden über irgendwas. Seit meiner Kanadareise habe ich sie nicht mehr gesehen. Siamak geht in sein Zimmer und Allison geht ins Bad. Ich kann sie pissen hören. Aus irgendeinem seltsamen Grund macht mich das geil. Ich kann nicht so tun, als würde ich schlafen. Ich möchte sie auf den Küchentisch werfen und von Kopf bis Fuß ablecken. Sie kommt aus dem Bad.

»Hi, Allison«, sage ich,

»Hey, du! Haben wir dich geweckt?«, sagt sie.

»Schon okay, wie geht es dir?«

»Mir geht's gut, wir waren in einer Bar, jetzt wollten wir hier noch ein paar Bierchen trinken.«

»Schön, dich zu sehen«, sage ich und lächle.

Siamak kommt zurück. Ich tue so, als wollte ich sie in Ruhe lassen, aber es macht ihnen nichts aus, dass ich dabei bin. Allison holt ein kleines Tütchen Kokain raus, und als sie gerade mit einem Schlüssel ein wenig herauslöffeln will, verschüttet sie alles in ihrer Handtasche. Sie wird total hysterisch und wir versuchen, sie zu beruhigen und zu retten, was zu retten ist. Schon stecken wir ihr Strohhalme in die Handtasche und schnupfen so viel wie möglich auf, dabei lachen wir die ganze Zeit über uns selber. Ihr Telefon klingelt, etwas Schreckliches ist passiert.

»Meine Großmutter ist gerade gestorben, in Florida«, sagt sie.

»Mein Gott … das tut mir so leid, bist du …«, sage ich.

Sie fängt an zu weinen, dann fasst sie sich wieder. »Tut mir leid, ich ruiniere euch den …«, sagt sie.

»So ein Quatsch. Du bist unter Freunden, du kannst gerne weinen, wir sind für dich da«, sage ich und Siamak nickt. Als sie ein bisschen von ihrer Großmutter erzählt und sich beruhigt hat, will sie gehen. Siamak holt etwas aus seinem Zimmer. Jetzt oder nie!

»Also, du siehst wirklich toll aus … Schön, dich zu sehen, sogar an einem so traurigen Abend«, sage ich.

»Danke«, sagt sie und bittet mich um meine Telefonnummer. Ich gebe sie ihr gerade, als Siamak wieder aus seinem Zimmer kommt. Sie geht.

»Sie hat mich gefragt, ob sie meine Nummer haben kann, Siamak, nicht umgekehrt.«

»Kein Problem.«

»Bestimmt nicht? Weil …«

»Nein bestimmt nicht, ich glaube, das ist sowieso mehr was Freundschaftliches.«

»Bist du dir *ganz* sicher?«

»Ja, klar.«

Na gut, er hatte gesagt, er sei sich sicher, dann würde ich ihn beim Wort nehmen.

Bei der ersten Gelegenheit würde ich mich an sie ranmachen, ich musste sie zur Meinen machen, wollte der Ihre sein. Bei unseren nächsten paar Begegnungen war es jedes Mal schwer, sie festzunageln. Wir hatten beide alles Mögliche zu klären, bevor wir etwas miteinander anfangen konnten. Bei unserem ersten Date schafften wir es in ein paar Stunden durch fünf oder sechs Lokale, ohne Geld, es lag Schnee, sie rutschte aus, fragte einen Typen in ihrer kleinen Gruppe, der ganz offensichtlich etwas von ihr wollte, ob er »meinem Freund und mir« eine Runde ausgeben könne, nur ihr, sagte der Typ. Ich schämte mich und bat sie, das nie wieder zu tun.

»Ich habe zwar kein Geld, das heißt aber noch lange nicht, dass ich mir von dem Schwanzlutscher da was schenken lassen will.«

In der letzten Bar fragt sie die Barfrau nach Freigetränken.

»Na, wenn ihr schon fragt«, sagt die Barfrau, »dann kriegt ihr auch welche.« Ha! Tolle Antwort, oder? Das war ja ganz einfach. Zum ersten Mal im Leben bin ich auf andere Männer eifersüchtig, ich will keine in ihrer Nähe sehen. Männer und Frauen können keine Freunde sein, sage ich ihr wieder und wieder, das ist eine ernste Sache, wiederhole ich andauernd. Mitten im Gewühl müssen wir uns eine Festung bauen, unsre Liebe schützen und wachsen lassen, alles reduzieren, uns von Partyfreunden trennen, diesen Blutsaugern, uns vom Frischfleischmarkt zurückziehen, das Wasser filtern, die Segel setzen und Kurs aufs Trockene nehmen. Ich hatte es satt, im Dunkeln auf Beute zu lauern, musste den ratternden Motor anhalten. Musste loslassen, mich ergeben. Mein primitives Selbst anzapfen. Im Tigris schwimmen und im Euphrat baden, zwischen den zwei Strömen wandern und mich in der herrlichen Sonne aalen, die vor langer Zeit die Leiber meiner Vorväter wärmte.

In rasendem Tempo wurde ich zum Mann, zum Liebhaber, Baumeister, Jäger, Dieb, Schurken, Rebellenführer, Entdecker, zum Hofnarren, König, Gemeinen, Sklaven, Schäfer, Hymnensänger.

Ich konnte die Kleinen herumtollen sehen, konnte mir Allison als alte Frau vorstellen, alles andere war mir egal. Was gab es sonst schon? Wir können machen, was wir wollen, Allison, sage ich ihr immer wieder. Hingehen, wo wir wollen. Der Morgen, Allison, der helle Morgen. Licht, Allison, helles Leuchten. Ich rede weiter, immer zu ihr hin, warte, dass sie mir entgegenkommt. Vor und zurück, links und rechts, wie ein Krebs, Allison. Die felsigsten Gebirgspässe, die heißesten Wüsten, Sandstürme, Regengüsse, der Monsun, Störungen des Magnetfeldes, Sonnenstrahlen, Allison. Apokalyptisches Ende, Atomkernherz, Allison.

Eines verschneiten Wintertages, als die ganze Stadt weiß trägt, liegen wir beieinander, und alles scheint im Lot zu sein. Sie küsst mich und augenblicklich verschmelzen wir miteinander. Unsere Zungen ineinander verschlungen, ein Kuscheltanz, sanftes Massieren und Liebkosen, das kunstvolle Nachzeichnen unsichtbarer Muster, wir formen und verwandeln einander, tasten einander ab. Mit geschlossenen Augen, hellwach, zwischen uns hängt der Halbschatten der Wonne. Wir halten einander fest. Ich packe ihren Hinterkopf, sie reibt ihre Scham an meinem Bein, ich presse mich an sie, dann die Kollision der beiden Magneten, die sich aneinander reiben. Ich greife in ihre Jeans und streichele ihr den nackten Arsch. Er ist weich wie Seide. Der Atem geht jetzt schwer, das Herz schlägt schnell, Licht blitzt auf, ein Stroboskop im Rückenmark, Plutonium in den Venen, Kettenreaktionen, Neutronen kollidieren. Meine Hand schlüpft ein wenig tiefer in ihre Hose auf ihren Arsch. Sie spreizt die Beine, damit ich leichter herankomme. Ich spüre die ersten Schamhaare an den Fingerspitzen. Sie ist heiß, bereit zum Kampf, den Sprung zu wagen, bereit für die Endlichkeit der Existenz. Mein gesamter Körpervorrat an somatotropen Hormonen wird in meinen Schwanz umgeleitet. Mein Finger badet jetzt in ihren Säften. Sie knöpft mir die Jeans auf, öffnet den Reißverschluss und greift nach mir. Ich könnte ausbrechen wie ein Vulkan. Sie zieht ihr Hemd hoch und legt ihre Brüste frei, die Brustwarzen sind hart, sie packt mich am Nacken und zieht mich an sich. Ich lecke und lutsche. Ihre Hosen müssen weg, sie muss nackt sein, wir müssen nackt sein. Ihre Hosen sind weg, meine Jeans sind gleich weg, Hemden weg, sie zieht mich auf sich. Wir blicken einander wieder tief in die Augen. Sekunden später bin ich tief in ihr.

Völlige Symmetrie, Magnetismus, sich wandelnde Spannungsfelder, interplanetare Reisen, die ganze Welt aufgesaugt von einem Vakuum, Milliarden Lichtjahre auf dieser Seite der Gegenwart und der anderen, Gott und Mensch, wandernde Tierherden, kosmische Strahlen, Monolithen, elastische Wirklichkeitsverschiebungen, Höhlenmalereien, Überleben in der Wüste, Massenexodus über die große Landbrücke, Wechselspannung, Wirbel der Weltgeschichte, multidimensionale Gedanken, kaum entzifferbar und doch in Gänze verstanden und blitzschnell wieder vergessen. Gott und der Mensch. Das Universum und der Mensch. Mutter Erde und der Mensch. Mann und Frau. Frau und Gott. Frau. Gott. Milliarden Jahre. Alte Seelen. Keine Vergangenheit, keine Zukunft, nur die Gegenwart. Nur jetzt. Genau jetzt. Hier. Das Nichts, Unendlichkeit, Tränen. Verstehen, nicht mit dem Gehirn. Kein Gehirn mehr da. Kein Bauch. Das Nichts.

Null. Keine Sprache. Zero. Negativ, positiv. Umkehrungen. Jetzt. Hier. Tick … tack. Zeit. Welche Zeit? Was ist Zeit? Jetzt. Hier. Genau hier … und auch dort, überall …

Brooklyn

»Da draußen regnet es Fotzen«, sagt der Bassist auf Persisch, so dass im Laster nur wir Iraner ihn verstehen können. »Das ist der Fotzenboulevard, der Fotzenplatz!«, sagt er auf unserem Weg durch die Berry Street in Brooklyn. Wir fahren an den Strand, die ganze Familie, dazu ein paar von Allisons Freunden, amerikanische Frauen aus Nordafrika. Das geht jetzt schon ein paar Wochen so. Immer Party zu Hause, spät ins Bett. Immer Speed, Koks, Hasch, dazu Tramadol, und Musik. Das Hasch hat uns ein Yuppie-Dealer verkauft, frisch aus Massachusetts hierher verpflanzt.

Die Kids und ich sind erfahrene User, genau wie Allison übrigens, und erfahrene User wissen, wie man die Dosierung staffelt. Wir wissen auch, dass man mit den Upper/Downer-Kombinationen aufpassen muss. Wir gehen nicht feiern wie irgendein notgeiler Schauspieler oder eine alte Sängerin mit Einschlafschwierigkeiten. Außerdem sollten Drogen immer weniger wichtig bleiben als das, was man gerade tut. Drogen können eine Erfahrung intensiver machen, aber wenn der Brunnen ausgetrocknet ist, füllen sie ihn dir nicht wieder auf. Sie sind keine Oase mitten in der Wüste.

Am Strand ist es herrlich. Allison und ich haben für alle vegetarische Sandwiches geschmiert. Wir laufen in die Wellen, die sich an uns brechen, umarmen uns, rennen, planschen, schwimmen, wir lachen und kreischen. Als wir im Sand liegen, lasse ich die Gedanken schweifen, während die

Wellen singen und die Sonne uns die halbnackten Leiber wärmt.

Jetzt sind wir vom Strand zurück und rauchen im Laster Hasch. Allison fasst mich an, vor allen anderen, aber keiner kriegt was mit. Wir kommen zu Hause an und machen es unter der Dusche. Später gehen wir was trinken und ihr Telefon wird geklaut. Ein Typ am Tresen, der nach Mafia aussieht, sagt, er fährt mit uns in seinem Mercedes rum, die Leute suchen, von denen er glaubt, dass sie das Ding abgezogen haben. Er will in seinem Viertel für Ordnung sorgen.

»Da ist er!«, sagt er, nachdem wir eine Weile in der Lower East Side rumgegurkt sind. »Das ist der Typ. Mit dem redest du besser mal.« Er hält an, lässt mich aussteigen.

»Hey, Alter, ich bin kein Dieb, ich verticke Pillen, deshalb war ich in der Bar«, sagt der große dürre Junge, als ich ihn festgenagelt habe, nicht wie ein Cop, eher nett.

»Pillen, ja? Und, was hast du so?«, sage ich.

»Vicodin«, sagt der Junge.

»Echt? Für wie viel verkaufst du die?«

»Fünf Dollar das Stück.«

»Hmm, Scheiße, ich nehme vier«, sage ich.

»Du weißt schon, wonach das von hier ausgesehen hat, oder?«, sagt der Mafiatyp, als ich wieder einsteige, und feixt. »Ziemlich komplizenmäßig.«

#

»Und, was sollen wir jetzt machen? Du bist also unzufrieden mit der Lage … da, wo du herkommst, da dürftest du so was nicht mal sagen, in dem Land da. Was schlägst du vor?«, fragt mich die Freundin des Managers, die sich in ein Gespräch einmischt, das ich mit unserem ungarischen Arzt führe.

»Erstens mal: Natürlich habe ich keine Lösung, wer bin ich denn? Ich sage nur, dass wir uns darüber Gedanken machen müssen, was aus uns als Menschen wird, und dass wir wie Erwachsene darüber reden müssen. Und das ist ein Recht, das ich als Bürger dieses Landes habe, also ja, ich weiß, wo ich herkomme, und gerade deshalb mache ich Gebrauch von meinen Rechten.«

»Du beschwerst dich, aber Lösungen hast du keine anzubieten«, stellt sie fest

»Ich spreche mich einfach nur für kollektives Denken und Handeln aus. Wir dürfen uns nicht auf Politiker oder die Regierung verlassen.«

Man muss sich unsichtbar machen. Muss sich vor den Menschen verstecken, sonst reißen sie dir die Eingeweide aus dem Leib und machen aus deinen Knochen Möbel. Dann endest du als Stuhl auf dem Flohmarkt. »Was kostet dieser Knochenstuhl?«, fragt irgendein halb interessierter Passant.

»Was, der da? Den haben wir jetzt schon ein paar Jahre in der Familie ... wie wär's mit zwei Dollar«, antwortet der Verkäufer abgelenkt.

»Ich gebe Ihnen eins fünfzig.«

»Na, was soll's. Ich hab heute meinen großzügigen Tag. Er gehört dir, Partner«, sagt der Typ vor dem nächsten Schluck Bier.

Man muss sich einfach einen Panzer wachsen lassen und das aussitzen. Man kann nicht Künstler sein und von der Welt etwas erwarten. Geld nicht, Anerkennung nicht, keine Veränderung des Status quo. Das muss man alles vergessen und einfach weitermachen, wenn man überleben will.

Es nützt nichts, sich einzupökeln und zu verrecken, der Tod kommt früh genug von ganz alleine, keine Sorge. Suche das satte Schwemmland deines Geistes, pflanze und ernte. Die Jahreszeiten kommen und gehen wie alles andere auch. Vergiss die harte Wirklichkeit und bleib in Bewegung. Das ist alles. Sobald du die Oberfläche ankratzt, stößt du auf Dreck.

Wer weiß schon, was nicht stimmt mit mir? Am besten kommt man mir nicht einmal nahe, ich beiße nämlich. Ich weiß auch nicht, warum oder warum nicht. Ich weiß überhaupt nichts, ich möchte mich nur in meinen eigenen Gefühlen suhlen und eine Weile abheulen. Da kann man nichts machen. Das ist ja schließlich kein Verbrechen. Die Türen schlagen schneller zu als früher, alles wird dunkel und ich sterbe wieder. Ein klägliches Arschloch, das in der Gosse verreckt, war noch nie sehr unterhaltsam, es sei denn, es steht auf, klopft sich den Schmutz ab und marschiert auf der Erfolgsspur davon. Privatprobleme haben nur dann einen Wert, wenn sie zum Finale der Story gelöst sind. Die Welt lässt sich nicht länger das Problem eines Einzelnen aufbürden.

Jetzt heißt es jeder für sich allein. Ich habe es geschafft und Allison wieder traurig gemacht, und jetzt kann ich nichts weiter tun, als sie ihrer Traurigkeit zu überlassen. Ich würde mich selbst verbrennen, wenn es sie aufheitern könnte, aber das würde die Problemlage nur noch verschärfen. Wir müssen das alles eine Weile lassen. Uns in die Hügel flüchten und neu anfangen.

Welche Träume mich heute Nacht wohl erwarten?, frage ich mich vor dem Einschlafen. Wahrscheinlich werde ich auf einem spanischen Mustang durch die Prärie reiten. Ein gestohlenes Pferd, denn ich bin ein Apachenkrieger und brauche keinen Besitz außer Faustkeil-Waffen, Zelt und Kleidung. Rasch werde ich in mein Versteck reiten und gekochte Bison-Innereien essen, die mein Weib mir zubereitet. Hoffentlich sieht die Frau meiner Träume wie Allison aus und will mir den Traum unvergesslich machen.

Wir müssen ganz weit raus, über die Zäune, Richtung Horizont, hinter die Wälder und das Meer aus Gras. Wir müssen den ganzen Bullshit überspringen und uns vielleicht einen neuen wilden Westen suchen, auf sattem Schwemmland siedeln, wo wir gedeihen können. Wir dürfen nicht kurzatmig sein, wir müssen standhaft sein und ausharren. O mein lieber Junge ... zermartere dir nicht länger das Gehirn ... schlaf ... schlaf ...

Dallas

Herrgott, was ist bloß mit diesem Jahrzehnt passiert? Was immer es war, wie man es auch nennt, es war ziemlich schnell vorbei, oder? Die Nullerjahre, hießen sie nicht so, die Zweitausender? *Die goldenen Jahre.* Bei mir hat alles ganz harmlos angefangen. Scheiße, Ehrgeiz hatte ich genug und einen anständigen Kopf zwischen den Schultern. Und es gab viel zu tun. Musikalisch war zu Anfang dieser mysteriösen Dekade nicht viel los. Ich hörte kein Radio, so viel ist sicher. Wir erwarteten uns alle viel von der Zukunft. Scheiße, das war schließlich ein neues Jahrtausend. Mit unbegrenzten Möglichkeiten.

Ich bekam Arbeit bei einem Hollywoodfilm, der in Dallas gedreht wurde, und schmiss die Kunstakademie hin. Mein alter Kumpel Jeff und ich fingen an, zusammen Musik zu machen, und wir wollten eine Band gründen. So lernten wir Jake und Don kennen. Sie hatten ein Haus, draußen in Garland, einem alten Vorort von Dallas. Als Jeff und ich das erste Mal dort waren, trauten wir unseren Augen nicht. Überall stand so viel altes Gerät und Musikerzeug herum, dass man kaum einen Fuß auf den Boden bekam, und die Plattensammlung war überirdisch. Sie ließen uns kiffen wie blöde und spielten ein paar Platten, die schwer zu kriegen waren.

Das alte Vinyl veränderte unser Leben. Heutzutage kann man natürlich alles im Internet finden, aber damals musste man sich noch mit Leuten anfreunden, um wo reinhören zu dürfen. Außerdem, was das Musikhören angeht, ist ein anständiges altes Röhren-Hi-Fi-System einfach unschlagbar. Jedenfalls, eins kam zum anderen, wir fingen an, bei ihnen zu Hause zusammen zu spielen, und gründeten eine Band. Schließlich zog ich bei ihnen ein, das war eine mordsmäßige Zeit, wir lebten in unserer eigenen kleinen Welt. Warfen viele Pilze ein. Und unsere Band war ziemlich erfolgreich. Wir hatten eine wachsende kleine Fangemeinde, aber der Plan war, dachte ich jedenfalls, nach New York zu ziehen und ganz oben mitzuspielen. Das war vor Myspace und Youtube und dem ganzen Zeug, klar? Na ja, von den anderen hatte keiner Lust umzuziehen, also musste ich das alleine machen, aber da entwickelte sich das Jahrzehnt schon zur Gruselerfahrung.

Scheiße, gleich zu meinem Geburtstag stürzen die Twin Towers ein, und hastenichtgesehen sind wir schon im Krieg. Ich arbeitete gerade bei einer Filmproduktion, bei scheinbar modernen und hippen Leuten, und trotzdem fragten meine Chefs mich halb im Ernst, ob ich ein Terrorist sei. Als die Kriege erst einmal angefangen hatten, musste ich mir natürlich die haarsträubendsten, haltlosesten, oberpeinlichsten Ansichten meines Lebens anhören.

Das wurde mir alles zu viel, und eines Tages, während eines großen Drehs für einen Werbespot in Mexiko-Stadt, mitten in einem Riesenzirkus, beschloss ich endgültig, nach New York zu ziehen, weg aus dem Kuhdorf. Einen Monat später spazierte ich durch Manhattan und die Welt lag mir zu Füßen. Ich war jung und voller Energie, sogar charmant. Fand einen Manager, und bald hatte ich Verträge für Auftritte und Tourneen. Ich spielte auf Festivals und an Colleges im ganzen Land und verdiente gutes Geld.

Aber die Weltprobleme gingen mir nie ganz aus dem Kopf, und das war wahrscheinlich mein Untergang, das und die Drogen. Das Jahrzehnt nahm Fahrt auf und entglitt mir schließlich völlig. Die Jahre von 2007 bis 2009 verschwinden in einem einzigen Nebel, und mit dem Jahr 2010 war für mich alles vorbei. Scheiße, wenn man wirklich ernsthaft auf dieses abgefuckte Jahrzehnt zurückblickt, wird man blind. Wie konnten wir die Schweine nur so total gewinnen lassen? Als die Präsidentenwahl 08 anrollte, wusste ich, dass alles verloren war. Plötzlich redeten Freunde von mir, die total auf Politik scheißen, von »Hoffnung«: HOPE. Macht euch mal keine Hoffnungen, habe ich ihnen gesagt. Ich rief zum Boykott des ganzen Wahlsystems auf.

»Es hat mehr Wirkung, wenn wir nicht wählen und klar zeigen, dass wir nicht mitmachen!«, sagte ich immer wieder.

»Was? Dieser Typ ist der totale Bringer!«, sagten meine Freunde dann jedes Mal.

»Ein Einzelner kann das System nicht verändern, scheiße, er gehört dazu. Wer, glaubt ihr denn, zahlt dafür, dass er gewählt wird? Könnt ihr euch noch an Carter erinnern? Der hat das System angeblich auch verändern wollen.«

Im Wahlkampf 04 hatte ich für das »Democratic National Committee« gearbeitet, ich wusste, was lief. Ich hatte die Spitzenkräfte der Partei erlebt, die an der Basis die Parteibüros leiteten und für das Spendensammeln bei den Menschen auf der Straße verantwortlich waren. Wir, das Fußvolk, waren Leute, die Arbeit brauchten und Bush aus dem Amt haben wollten. Die Leute über uns waren geldgeile kleine Yuppies, Verkaufe im Herzen, mit einem Abschluss in Politologie oder so, größenwahnsinnig genug für den Aufstieg in die oberen Ränge der Demokratischen Partei, wo man irgendwann die Lizenz zum Stehlen bekam. Das war jedenfalls mein Eindruck, als ich für sie gearbeitet habe. Es gab viele »Strategiesitzungen«, die an Szenen aus *Glengarry Glen Ross* erinnerten, und immer musste man die Quote erfüllen. Diese Winkeladvokaten waren ganz wild auf Quoten. Und John Kerry glaubten sie jeden Scheiß. Die meisten waren im Grunde nicht besser als Börsenmakler, und nicht die wenigsten von ihnen bevölkern inzwischen bestimmt die Flure des Capitols.

Ich wusste, dass meine Freunde eine Ausrede suchten, um wieder in ihren Alltag zurückkehren zu können und nicht ständig an Scheitern und Krieg erinnert zu werden. Ich wusste, dass sie alle einfach das Gefühl haben wollten, den richtigen Mann ins höchste Amt der Nation gewählt zu haben. All meine Freunde wollten ein Stückchen vom amerikanischen Traum abhaben oder wenigstens einen letzten Blick darauf werfen; sie glaubten, dass er noch lebendig war. Na, diesmal haben Sie Schweine sie wirklich für dumm verkauft. Jetzt ist wirklich alles vorbei.

Er fährt total auf Brasilien ab, dieser Typ, mit dem ich arbeite. Auf die Musik, die Sehenswürdigkeiten und die Menschen. Am Schreibtisch guckt er sich immer Brasilienfotos an. Wenn ich hereinkomme, kommt Samba aus den Lautsprechern. Er will auch nicht nach Hause gehen. Er hat Angst davor, weil sein Nachbar von nebenan gestorben ist und keiner es gemerkt hat, bis der Gestank nach ein paar Tagen nicht mehr auszuhalten war. Einer der anderen Nachbarn hat ihn mit einer Bemerkung in Angst und Schrecken versetzt: »Tod liegt in der Luft, wer ist als Nächstes dran?«, oder etwas in der Preisklasse. Er hat die Nachtschicht von Mitternacht bis acht Uhr morgens, bleibt aber immer bis elf oder zwölf im Büro. Sein Sternzeichen ist Jungfrau, so wie meins, und er ist schwul. Immer wenn wir über die Weltläufte reden, hört er zu und ist meiner Meinung, scheint aber nicht zu glauben, dass noch Wege zur Veränderung offenstehen. Die Welt ist, wie sie ist, glaubt er, und basta. Ich nehme den Fahrstuhl zum Penthouse, Kaffee holen, und Pilar, eine der Hausmeisterinnen, bittet mich, ihr die Tür aufzuhalten. »Aber klar doch«, sage ich.

Sie hat die *New York Times* in der Hand und auf der Seite eins ist ein Foto von ein paar Afghanen, die auf den Straßen von Kabul vor Gewehrfeuer in Deckung gehen. Alles Männer natürlich, total verängstigt.

»Wie spricht man aus? ... Kaab... Kaa...«, sagt sie und zeigt auf die Schlagzeile.

»Kabul«, sage ich.

»Wo? ... Das bist du?«

»Ich?«

»Du woher?«

»Nein, von nebenan.«

»Oh, nebenan«, sagt Pilar mit einem Lächeln. Gestern hat sie mir erzählt, dass sie in diesem Jahr aufhört zu arbeiten, weil sie für den Weg zur Arbeit aus der Bronx zwei Stunden braucht. Sie ist alt, bekommt keine Lohnerhöhung mehr und wird mit der Rente ihres verstorbenen Mannes auskommen müssen. Vielleicht könne sie zurück nach Puerto Rico gehen und am Meer leben. Ich wünsche es ihr. Als ich mir Kaffee einschenke, toastet sich einer der leitenden Cutter gerade einen Bagel. Wir nicken einander zu. Ich dränge den Leuten hier nicht gleich ein Guten Morgen auf.

»Wie geht's, Alter?«, sagt er ein paar Augenblicke später.

»Gut, und dir?«

Er geht einen Schritt vom Tisch weg, ich gehe zum Obstteller und sehe auf einem der Tische eine *Times* liegen. Er sieht, dass sie mir auffällt. Ich schüttele den Kopf. Er wirft einen Blick darauf.

»Tolle Aufnahme«, kommentiert er das Foto.

»Mhmm, aber schade, dass die Leute vor Explosionen weglaufen müssen«, sage ich.

»Das ist die menschliche Natur. Sie werden immer versuchen, einander umzubringen«, sagt er.

Ach echt? Warum machst du dich nicht wieder an deine nichtige Arbeit und ich mache mich an meine, was, Kumpel? Deine Meinung kannst du für dich behalten. Aber immer schön das fette Geld von den großen Kunden einsacken. Sich die dicken Werbedollars in den Arsch schieben, seufz. Ich nenne ihn Little John, weil er Brite ist und richtig fett. Dieser Mensch, den ich mit prahlerischer imperialistischer Nostalgie vom alten Empire Ihrer Majestät der Königin habe reden hören, will mir etwas über die menschliche Natur erzählen? Ich würde so gerne hören, was er zu den Themen Spiritualität und uralter Weisheit zu sagen hat. »Das größte Empire unter der Sonne, ohne Einschränkung«, sagt er gerne.

Der Kaffee ist von der teuren Sorte, nicht besonders gut, aber stark und umsonst. Von den Sachen auf dem Tisch können sich alle bedienen. Es gibt Gebäck, Bagels, Müsli, Joghurt, frisch gepresstes Saftgebräu, Vitamine, Obst, Beeren, und alles kostenlos, im Augenblick jedenfalls. Dies ist schließlich eine der ersten Postproduction-Firmen in ganz Amerika. Ich fahre zurück in die Versandabteilung im 10. Stock. Der Fahrstuhl hält im 12. Stock, und der Vice President steigt ein, seine Assistentin im Gefolge.

»Was geht?«, quäkt er.

»Guten Morgen«, quäke ich zur Antwort.

»Alter, du nimmst den Fahrstuhl nach unten? Das sind nur ein paar Stockwerke«, sagt er auf seine hellwache Art.

»Wissen Sie noch, wie Sie mich das schon vor ein paar Wochen gefragt haben und ich Ihnen von meinem kaputten Knie erzählt habe?«

»Ach komm, bloß ein paar Stockwerke.«

»Vom Ringen in der Highschool, wissen Sie noch?«

»Du warst mal Ringer?«, fragt die Assistentin mit einer schweren Dosis Misstrauen und Gebrauchtwagenverkäufer-Grinsen.

»Klar, und ziemlich gut war ich auch. Bis bald«, sage ich, steige aus und lasse die beiden Schlangen weiter runterfahren. Für diese beiden sollte es im Aufzug einen Extraknopf in den Achten Höllenkreis geben. Dorthin sind sie sowieso unterwegs. Der VP ist dafür berüchtigt, seinen Bonus am wichtigsten zu nehmen, wichtiger als Menschenleben vermutlich. Er wird alles dafür tun, seinen Posten zu retten und sein Gehalt. Die Menschen, die unter ihm arbeiten, bedeuten ihm nichts. Er hat immer recht, und wem das nicht gefällt, der fliegt, die Umstände spielen keine Rolle. Er legt alles flach, was jung und weiblich ist, und steckt gerade in der vierten Scheidung. Für ihn gelten keine Regeln und er gewinnt immer. Alle über sich hat er in der Hand, und die Assistentin, na ja, die lässt sich das alles gefallen. Sie leistet Vorschub und Beihilfe. Nach den Maßstäben der wirklichen Welt verhalten diese beiden sich natürlich völlig korrekt.

Ich spaziere in die Versandabteilung, wo ich mir meinen Lohn verdiene. Es gibt große Fenster nach Süden, und ich kann das schreckliche neue Phallussymbol langsam himmelwärts wachsen sehen. Milliarden von Dollar, um Gemeinheit, Habgier und Dummheit ein hässliches neues Denkmal zu setzen. Warum die Leute auf große Bauwerke in ihrer Stadt so stolz sind, ist mir ein Rätsel. Sie führen die Menschen nicht zu Weisheit oder moralischer Überlegenheit, sie beherbergen einfach noch mehr Büros, in denen man arbeiten kann – wenn die da oben einen lassen – und sich fragen, warum man sich so ein Leben eigentlich antut.

Im Versand herrschen Ruhe und Gelassenheit. Die morgendliche Hektik ist noch nicht ausgebrochen. Ich stelle das Radio auf den Jazz-Sender ein. Wie der Tag wohl werden würde? Kommet, ihr gottlosen Heidenmenschen! Leisten wir stolz unseren Beitrag zum Niedergang der Menschheit! »Frohlocket, denn das Ende ist nah!«, rufe ich in eine der Überwachungskameras.

Der Laden gehört jetzt einem Milliardär, er hat ihn vor ein paar Monaten gekauft und die Dinge ändern sich schnell.

Er ist einer der reichsten Ärsche Amerikas. Alle, in die er seinen Hochglanzschwanz reinsteckt, werden über Nacht zu Millionären, wenn sie es nicht schon sind. Den Mann mit dem goldenen Schwanz könnte man ihn nennen. Ich glaube, er lässt sich auch gerade zum vierten Mal scheiden. Seit der den Laden übernommen hat, laufen überall seine Berater herum und evaluieren dies und jenes. In einem fort schlucken sie kleine Unternehmen und werfen sie alle mit in den Topf.

Dauernd tauchen neue Leute auf und die alten verschwinden. Kids, frisch vom College, fast ganz ohne praktische Erfahrung, ersetzen erfahrene ältere Kräfte. Die Qualität sinkt, während die Profite offenbar rasant steigen. So sind diese Leute drauf. Mongolen sind sie, die plündern, brandschatzen, vergewaltigen und weiterziehen. »Entkernen, aussaugen. Echte Menschen? Wer braucht die schon? Nimm ein paar Collegekids, wir feuern alle, die Ansprüche an uns stellen könnten, klar, wenn wir fair zu ihnen sein müssen, werden sie teuer. Wenn sie nach langen Jahren der Treue und harten Arbeit etwas geltend machen können, müssen sie weg! Diese Collegekids sind dazu abgerichtet, sich in den Arsch ficken zu lassen und bei jedem Schritt aufeinander einzuhacken, lasst sie los, es ist Zeit für Schweinereien einer neuen Generation!

Ich tue mein Bestes, um in dieser Umgebung Luft zu kriegen. Ein paar echte Menschen gibt es in dem Laden noch, und ich brauche schließlich was zum Fressen, oder? Ich versuche, ganz ich selbst zu sein, die Wahrheit zu sagen, poetisch und mitfühlend zu sein, grob, wenn ich schlecht behandelt werde, echt, nicht fake. Ich versuche, ein echter Mensch zu sein, und den Rest lasse ich laufen, wie er will.

#

Allison wohnt jetzt bei uns. Ich konnte sie endlich überreden, zu mir und vier anderen Typen zu ziehen. Wir sind alle nach Bushwick in Brooklyn umgezogen, in eine riesige Maisonettewohnung. Neu und geleckt, noch sauber, mit mehr Platz.

Mit Kokain bin ich durch. »Wenn mir jemand die Reinheit garantieren kann, nehme ich wieder Koks. Wenn es nicht verschnitten ist, dann her damit. Aber dieses Pseudokokain habe ich wirklich satt. Das ist Backpulver mit Babypuder«, habe ich den Kids gesagt. Also halte ich mich erst mal an Amphetamin in Pillenform, Alprazolam, Marihuana und Alk. Tramadol nehme ich auch keins mehr, nachdem ich mir einmal beim Gitarrespielen und Singen für die Kids mit einer Kerze die Haare in Brand gesetzt habe. Allison gefiel die Wohnung gut, aber eigentlich wollte sie bald mit mir alleine leben.

»Warum kaufen wir uns nicht einen alten VW Westfalia und fahren durchs Land?«, war mein Vorschlag.

»Wie bitte? Was soll das denn heißen?«, fragte Allison.

»Warum nicht? Ich habe keine Lust, unser Geld zu sparen, nur um es dann wieder bei irgendeinem Vermieter abzuliefern. Wir könnten einfach auf Achse gehen. Mal sehen, wie das läuft.« Die Idee machte sie nicht gerade heiß, aber sie hörte zu.

Ich gehe einkaufen. Allison hat mir eine Liste geschrieben: Kaffee, Brot, Zucker, Sojamilch, Zahnseide, Wattepads. Kaum bin ich aus der Wohnung, kommen die Ängste. Viel los auf der Straße. Mexikanische Familien mit Kindern im Schlepptau wandern herum, Yuppie-Pärchen halten Händchen, Junggangster hüpfen durch die Gegend, alte Damen mit Krückstock und Gehhilfe, verkommene Hausbesetzer hocken mit ihren Hunden auf dem Gehweg, da steht der alte Mann mit seinem Sockenstand, der aussieht, als würde er tot umfallen, wenn ihm nicht sofort jemand ein Paar Socken abkauft, Lieferwagen beim Entladen, Friseursalons für Arm und Reich, alle gut im Geschäft, geschundene Hände und Gesichter, muskulöse Körper, ausgemergelte Körper, Körper voller Saft und Kraft, Körper, dem Tode nah, Körper, vor ein paar Tagen geboren, vor ein paar Monaten, ein paar Jahren, alternde Schönheitsköniginnen aus Patagonien, Menschen aus Dörfern auf den großen Antillen, Bauern vom Horn von Afrika.

Die ganze Welt spaziert an mir vorbei. Ich bin auch in Bewegung, aber ich könnte genauso gut stillstehen, ich habe kein besonderes Ziel, bloß den Laden, Wattepads, Brot und Kaffee kaufen. Biobrot, handgemacht, von hier. Als ich klein war, war alles bio, handgemacht und von hier. Ich weiß noch, wie ich in der Bäckerei in Teheran Schlange stand. Die Bäcker arbeiteten vor aller Augen, schwitzten vor den großen Steinöfen. Einige wohnten direkt über diesem Höllenfeuer. Schliefen kurz auf einer kleinen Matratze und kamen wieder herunter, wenn ihre Schicht anfing, wuschen sich in einem kleinen Waschbecken die Hände und arbeiteten weiter. Handgemacht, nach alter Tradition, bio. Du sagst ihnen, wie viele du willst, zahlst und marschierst mit den Broten unter dem Arm wieder heraus.

Damals, es kommt mir vor wie vor tausend Jahren, dominierten auf den Straßen von Teheran blasses Grün und tiefes Schwarz. Die Frauen trugen Schwarz, die Männer ein ausgeblichenes Grün, keine kurzen Ärmel, keine Krawatten, keine westlichen Einflüsse, tötet die satanischen Dämonen des Westens, Tod diesem, Tod jenem, Tod allen Gedanken und Ausdrucksformen, Tod dem Kind der Weisheit, bevor es erwachsen wird, Tod der Weisheit selbst, wenn möglich, Tod der Sünde, mordet die Sünde, wie die Christen sagen. Mord, süßer Mordgeruch hing immer in der Luft. Dazu ein Hauch von Rosenwasser, Tamarinden, Kurkuma, Tee, frischen Walnüssen, Granatäpfeln, Limettensaft, Lammblut, Ziegenköpfen, bulgarischem Käse, frischem Barbari-Brot, Sangak-Brot im Dutzend, Schafen, dem Gott der Wüstenratten geopfert, Nomadenstämmen, Männern von der Arabischen Halbinsel, die auf Pferden durch die glühend heiße Wüste geritten kommen und in die Paläste einfallen. Die einfachen Menschen fliehen, immer in die Hügel, zu den in den Sandstein gegrabenen Höhlen. Immer zählen sie ihre Toten und suchen nach ihren Verwandten. Immer die Invasionshorden der Wilden auf ihren Kreuzzügen, die Poesie der Liebe und des Verlusts, des Weins, der Trunkenheit, der Weisheit der Verdammten.

Immer einen Tag nach dem anderen, Jahr auf Jahr. Jahrhunderte werden vergehen, Jahrtausende werden vergehen, alles wird vergehen und das Böse wird zugrunde gehen, aber die Gemeinschaft der Menschen wird überleben. Nun ist alles nah, es kommt, in rasendem Tempo. Die Welle bildet sich weit draußen auf dem Meer, und sie wird die Ufer bald genug erreichen. Der junge Mann aus der Provinz steigt für alle Zeiten die Leiter von seiner kleinen schweißfleckigen Matratze herab, um mehr Brot zu backen, sein Geld und das seiner Leute zusammenzulegen und die Bäckerei zu kaufen, ein Haus zu bauen, seinen Leuten zu helfen, in die Stadt nachzuziehen, ein Viertel zu bilden, in seinem Dialekt zu sprechen, seine Bäckerei zu verteidigen, sein Haus, seine

Familie, gegen alle und jede, die sie ihm wegnehmen wollen. Ich möchte nur ein paar Brocken Brot. Meine Mutter hat mir ein paar Münzen zum Bezahlen gegeben. Und eine Tasche aus Stroh, sie darin zu tragen.

Durch den Basar der Menschheitsgeschichte wird mein Nachhauseweg mich führen. Die Meder, die Perser, die Gräkoiraner, die mongolischen Iraner, die Turkoiraner, Usbeken, Kurden, Belutschen, Araber, Parsen. Hundert Sprachen auf einmal. Die Muslime betrauern den Tod des Hosein, tragen Schwarz und geißeln sich mit Peitschen und Schwertern. Von den Minaretten erklingt verstärktes Todesröcheln. Die Sonne scheint durch die Zypressen und die Könige sitzen in alle Ewigkeit auf ihren Pfauenthronen. Manchmal haben sie Bärte und manchmal sind sie glattrasiert. Sie verkünden Edikte und Proklamationen, berichten uns von ihren weißen und roten Revolutionen, behaupten, dass sie unsere Väter sind. Ich gehe weiter, ein Kind, das seiner Familie das Brot bringt. Meine Mutter wird sich freuen, wenn ich komme, mein Vater ist in den Tausendjährigen Krieg gezogen.

#

Als ich eintrete, ist Allison unter der Dusche, jeden Augenblick wird sie herauskommen und ihren nassen Körper enthüllen. Auf ihrem Weg ins Schlafzimmer, wo sie das Handtuch abwerfen und in nackter Herrlichkeit dastehen wird, wird das Wasser von ihr abtropfen. Sie wird sich mit Sheabutter eincremen, sich die Haare föhnen, sich schminken, anziehen und zur Arbeit gehen. Sie wird froh sein, dass sie mich hat, lächeln und »Ich liebe dich« sagen. Sie wird gehen und ich werde mit meinen Gedanken allein sein.

Allein mit den Erinnerungen meiner Gene, meiner früheren Leben. Viele davon habe ich im Zweistromland gelebt, auf dem Fruchtbaren Halbmond, dem Persischen Steppenland, im Iranischen Hochland, auf der Küstenebene des Golfs von Persien, in den Küstenwäldern des Kaspischen Meeres, dort habe ich meine Schafe gehütet, für meine Könige gekämpft, auf den Feldern geackert, meine Werkzeuge geschliffen, gepflügt, gesät, dem Wind in der Dascht-e Kawir gelauscht, im Schatten des Turms des Schweigens von Yazd, war mit dem Geist des Kaspischen Tigers auf Pirsch, war auf der Flucht vor den Mongolenhorden, auf der Flucht vor allem, was geschehen sollte.

#

Mein Vater und meine Mutter leben im Tiefland von Nordtexas. An Rande der Great Plains, wo Winde aus jenen Gegenden herabwehen, die vom Menschen Kanada genannt werden. Sie ackern sich ab auf den imaginären Feldern ihres Geistes. Ich sehe sie noch Hand in Hand auf dem Dach unseres kleinen Wohnblocks in Teheran auf und ab gehen, wo sie ihre Flucht aus den Klauen des islamistischen Regimes planten und sich eine schöne Zukunft ausmalten.

»Wir könnten in die Türkei und es in der deutschen Botschaft versuchen … Wir können nach Frankreich zu deinem Bruder! Wie wäre es mit Belgien?«, höre ich meine Mutter sagen.

In der Ferne konnte man inmitten der vielen anderen Häuser die blaue Kuppel einer wichtigen Moschee erkennen, hinter allem das allgegenwärtige Elbursgebirge als natürliche Stadtgrenze. Ein paar Monate zuvor war der niederträchtige Oberdämon gestorben, Chomeini, der Kakerlakenficker mit der Teufelsfresse, und als wir in Deutschland ankamen, fiel die Berliner Mauer. Millionen Menschen füllten überall die Straßen, riefen dies und das und glaubten, etwas habe sich verändert, eine Ära sei zu Ende und eine andere beginne.

Nach acht Jahren im Kampfeinsatz war mein Vater aus der Luftwaffe geworfen worden, weil er gegen das Regime war, fuhr einen Minibus, um Geld zu verdienen, und konnte von Glück sagen, dass er noch lebte.

Wir verkaufen alles und kaufen uns Visa. Wir müssen fliehen, wir werden Flüchtlinge, wir brauchen Asyl. In Frankreich haben wir Familie, wir nehmen einen Flug nach Rom, Alitalia Flug sowieso. Während das Flugzeug höher steigt, werfe ich einen letzten Blick auf Teheran. Auf dem Aeroporto Leonardo da Vinci di Fiumicino zahlen wir astronomische Summen für Salamibrote, aus den Lautsprechern tönt es *signore e signori*, an mehr kann ich mich nicht erinnern. Wir nehmen einen Nachtflug nach Paris-Charles-de-Gaulle, werden von meinem Onkel abgeholt, der dem Regime schon in der ersten Zeit entkommen ist, und alle freuen sich über das Wiedersehen. Ich schlafe auf einer kleinen Matratze im Flur.

Am ersten Morgen lautet mein Auftrag: Brot kaufen gehen. »Du musst einfach sagen: *une baguette s'il vous plait.* Verstanden?«, erklärt mir einer meiner Cousins.

»*Une baguette s'il vous plait? Une baguette s'il vous plait.*« Ich gehe in den Laden an der Ecke. Wie anders die Farben sind, alles fröhlich und lebendig, alle wirken glücklich und frei, leuchtendes Blau, leuchtendes Grün und fröhliches Rot. Ich entschließe mich zu einer Zugabe, einem *Bon-*

jour! vor dem *une baguette s'il vous plait.* Das klappt wie geschmiert. »*Merci! Au revoir!*«

Au revoir, ein wonniges *au revoir* allem, was früher war, denkt mein elf Jahre altes Gehirn, hier wollen wir uns endlich niederlassen. Von *une baguette* bis *Qu'ils mangent de la brioche!* werde ich alles lernen, werde Franzose werden, in kurzen Hosen herumlaufen, einen Schal um den Hals, und jeden, den ich sehe, nach Brot und Kuchen fragen, Poesie, Demokratie und Revolution. Ich werde auf Französisch singen, französisch küssen, die Provinzen bereisen und alles mit eigenen Augen sehen, werde zum Zirkus gehen, werde singen und tanzen!

Am Arc de Triomphe beugt mein Onkel sich zu mir herunter und gib mir eine kleine Geschichtsstunde, erzählt mir von Hitler und seinem Heer, das nach der Kapitulation Frankreichs über die Champs Elysees marschierte, und ganz kurz bleibt mir das Herz stehen. Ich kann sie vor mir sehen, in Schwarzweiß. Zwei Tage später verlassen wir Frankreich. Adieu, mein französisches Ich, adieu *une baguette, bonne nuit, c'est la vie.* Es gibt noch Grenzkontrollen innerhalb der EU und wir müssen uns hinüber nach Belgien schleichen, wo wir von einem anderen Onkel in Empfang genommen werden. Nun sind wir im Land der Flamen. Ich finde die Sprache gelinde gesagt unmelodisch. Die Familie meines Onkels wohnt nicht in Brüssel oder Antwerpen, sondern irgendwo auf dem Dorf.

»Auf dem Land ist es schön!«, verkündet mein Onkel, dann erklärt er meinen Eltern, was sie als Asylanten zu erwarten haben. Meine Mutter findet es schrecklich, ein Leben auf dem Dorf kann sie sich nicht vorstellen, sie ist ein Großstadtkind. Mir macht es nicht so viel aus, das Dorf ist klein und idyllisch, auf der Straße gibt es keine Aufstände, Feuer, Gewalt. Ich kann mir hier ein ruhiges Leben vorstellen, des Studiums, des sozialistischen Fortschritts. Drei Sprachen auf einmal muss man hier lernen! Kein Problem! Die lerne ich gerne, und Latein noch dazu. Wow! Klingt super, das machen wir. Dann werden wir eben Belgier, warum nicht? Pustekuchen, nach ein paar Tagen reisen wir weiter. Mein Onkel bringt uns an die Grenze zu Deutschland, wir schlagen uns durch ein kleines Gebüsch und schleichen uns hinüber.

Der Mann meiner Tante sammelt uns in seinem kleinen VW Golf auf, wir haben nicht viel dabei, nur ein paar Koffer, also quetschen wir uns alle hinein und fahren in die alte Hauptstadt Karls des Großen, bekannt für ihre heißen Schwefelquellen, wo in den kalten mittelalterlichen Gemäuern manch ein germanischer König gekrönt worden ist, nach Aachen. Ein paar Hundert Kilometer weiter östlich fällt die Berliner Mauer. Auf uns wartet das Immigrantenquartier. Meine Mutter fühlt sich wohl im Kreise ihrer Schwestern, wir bleiben, ich muss mich orientieren. *»Guten Morgen … Brötchen bitte?«*

Bald werden sie uns hier satthaben und wir sie auch. Es werden wieder die Koffer gepackt werden, man muss immer in Bewegung bleiben, aber erst wenn wir uns gerade eingelebt haben, erst wenn wir Freunde gefunden haben, erst wenn wir ein wenig Fuß gefasst haben, erst wenn wir langsam die Sprache verstehen. Bald wird es heißen: Flughafen JFK, im Hochsommer, Anschlussflug zum Flughafen DFW. Bald wird die nächste Tante uns abholen. Bald werden wir die ausgezehrten Steppen von Nordtexas erschauen. Eine Stimme sagt mit Widerhall: »Hier, mein Junge, wirst du zum Mann werden. Na, wer hätte das gedacht?«

#

War die Vergangenheit jemals so tot und so lebendig zugleich? Früher gab es nichts zu sagen, und jetzt gibt es noch weniger zu sagen. Mit Leuten reden hat keinen Zweck, sie verstehen ja nichts. Es nützt nichts, deshalb ein schlechtes Gewissen zu haben. Ein schlechtes Gewissen ist außerdem zwecklos. Bringt überhaupt nichts.

Was muss passieren, dass man sich abkoppelt? Geht das überhaupt? Sollten wir uns nicht alle verantwortlich fühlen? Können wir uns einfach abkoppeln? Wie zerschneidet man das Tischtuch zwischen sich und dem Rest der Menschheit? In der Wirklichkeit gar nicht, nur in Träumen und Visionen, oder? In der Wirklichkeit ist und bleibt man auf ewig verbunden, nicht nur mit der Menschheit der Gegenwart, sondern auch mit der Menschheit aller Zeiten, der vor uns und der nach uns. Die Geister umschwirren uns, die Energie fließt. »Der Löwenzahn sieht im Frühling wirklich matt aus«, sage ich meinem Spiegelbild. Ich weiß nicht, was es bedeutet oder warum ich es gesagt habe. Manchmal sage ich Dinge, die in dem Moment überhaupt nichts bedeuten und erst später eine Bedeutung annehmen. So geht es mir auch beim Singen.

Man kann recht behalten bis ins Grab. Ich hätte nie gedacht, dass ich je wieder mit den Jungfrauen zu tun haben würde, diesen kleinen Mädchen, die bei uns rumhängen und kommen und gehen, wie sie wollen. Nicht dass es mir wichtig wäre. Es ist nur komisch zu hören, Soundso sei noch Jungfrau. Es gibt vier oder fünf davon, und ich glaube, als sie hier auftauchten, waren mindestens drei noch Jungfrauen. Jetzt scheint nur noch eine undeflorierte übrig zu sein.

Ich habe kaum je mit einer von ihnen ein ernsthaftes Wort gewechselt. Hatte keine Veranlassung, mehr zu sagen als *hello* und *goodbye*. Ich habe eine Frau und keine andere wird mich ihr wegnehmen, und darum geht es auch gar nicht. Ich bin weder ihr großer Bruder noch ihr Onkel oder gar Vater. Ich habe diesen kleinen Mädchen nichts zu sagen und will wirklich keinen Ärger, ja? Lustig, wie sie in unserer kleinen Gruppe von Typ zu Typ hüpfen, aber eigentlich auch wieder nicht so lustig. Unsere kleine Gruppe ... Ich kann nicht glauben, dass ich mit diesen Küken abhänge. Wenn da nicht die Musik wäre, die wir zusammen machen, wäre ich wahrscheinlich irgendwo weit weg.

Harte Drogen vernebeln einem auf Dauer das Leben, und dann sagt man Sachen wie: »Wow! Das ist schon anderthalb Jahre her?« O ja, worauf du Gift nehmen kannst. Ach, die gute alte Zeitraffer-Illusion. Die Zeit vergeht nicht schneller, Jungs, ihr erinnert euch bloß nicht mehr an viel, weil ihr den ganzen abgedrehten Scheiß, den ihr auf Koks und sturzbesoffen angestellt habt, offen gesagt auch lieber vergessen wollt. Allison und ich ziehen dieses Wochenende aus und bauen uns unser privates kleines Liebesnest.

#

Dies ist das Land der aufgeblasenen Egos, dabei sind aufgeblasene Egos in der Menschheitsgeschichte nichts Neues. Die Stämme der grauen Vorzeit haben viele kommen und gehen sehen und der Nachschub geht nie aus. Wenn ich in den Spiegel blicke, kann ich neue Falten erkennen, mehr graue Haare, aber meine Augen leuchten noch. Will niemand diesem Immigranten eine Chance geben? Ich denke nach. Wenn man Macht will, heißt es, dann muss man sie sich nehmen. Nun, ich will sie mir nicht nehmen; auf die Art Macht, die mit Gewalt errungen und verteidigt werden muss, bin ich nicht aus. Wahre Macht ist etwas ganz anderes. Ein Berg hat wahre Macht, das Meer, die Sonne.

Noch viele Stunden liegen vor mir … Herrgott, wie soll ich das schaffen, umgeben von so vielen Idioten, die alles Mögliche wissen wollen? Ich glaube, ich pisse in eine Ecke und spucke bei meinem Abgang ein paar Leute an. Das würde ich wirklich gerne tun, aber ich bin zivilisiert, das ist mein Fluch. Wenn ich noch ein Gran Anstand im Leib hätte, würde ich es tun, aber wie gesagt, irgendwo muss das Geld ja herkommen.

Ach, wenn meine Hinterhältigkeitsgene doch nur an die Oberfläche kommen und die Bravheitsgene auslöschen könnten, Amok laufen und Blut an die Wände schmieren, weder mein Blut noch ihr Blut. So wie die Dinge stehen, kann ich nur metaphorisches Blut vergießen. Mein eigenes Blut ist zum Vergießen zu rot. Tief purpurrot. Es gibt auf Englisch, Persisch oder Französisch kein gutes Wort dafür. Es hat einmal ein Wort dafür gegeben, damals, bevor es ein Wort für »Wort« gab, damals, als wir einander bloß angegrunzt haben, aber genau wussten, was jedes einzelne Grunzen bedeutete.

New York

Ungefähr eine halbe Stunde lang habe ich »Berlin« von Lou Reed gespielt, dann ging die Musik mir zu nah. Na ja, introspektive Songtexte, die einen richtig ins Herz treffen, und man bekommt feuchte Augen vor lauter Kollegen. Nicht so mein Ding. Ich weine lieber alleine. Also fragte ich Larry, ob er seinen iPod dabeihabe, und er sagte ja und spielte etwas von den Beach Boys. Spachtelmasse, eingeweicht in Rock 'n' Roll, völlig verblödet. Geht mir total am Arsch vorbei. Klingt natürlich ganz okay, von der Aufnahmetechnik her, und wirklich toll gespielt, aber na ja. Ich bin ein erwachsener Mann. Ich kann mir nicht den ganzen Tag lang diesen Teenybopper-Scheiß anhören. Ich brauche was Ernsthaftes, aber irgendwie macht die Ernsthaftigkeit mich dann auch wieder fertig.

Was den Job angeht, geht es wirklich nur darum, den Tag rumzukriegen, die Woche, den Monat. Zum Glück kann ich das meistens abschütteln, aber an manchen Tagen ist es schwer. Wo man auch hinsieht, überall sagt einer: »Muss das erledigt werden? Hey, ich mach das für dich!« Immer ist einer bereit, Überstunden zu schieben, wenn nicht wegen der Extrakohle, dann wegen der Aufstiegschancen. Ganz breites Lächeln, Smalltalk, skrupellos. Den ganzen Tag, nachts, am Wochenende. Kein Urlaub, keine Pausen, kein Leben. Wie kriege ich heute den Tag rum? Wie kann ich mit diesen Leuten arbeiten, denen wirklich nur die total unwichtigen Sachen wichtig sind? Wie bremse ich meinen Fluchtreflex? Nicht dass ich weit kommen würde. Ich arbeite für einen Milliardär, der auf seinem Berg aus Gold sitzt. Unter ihm sitzen ein paar andere Milliardäre, und unter denen ein paar Leute, die gerne auf Millionen sitzen würden. Diese Leute haben uns unsere Namen genommen und uns durchnummeriert, aber es gab keinen Widerstand. Keiner hat ein Wort gesagt, außer mir. Keiner hat auch nur nach dem Warum gefragt. Ich hätte es gerne aus dem Mund eines ihrer Lakaien gehört. Ich wusste, warum, aber ich wollte es einfach von ihnen hören. Natürlich war es nur zu unserem Besten.

Es diente der Effizienz und uns. Mir! Nur zu meinem Besten haben sie mir eine Nummer gegeben.

Diese Leute, mit denen ich arbeite, die sind fast alle ganz normale Menschen. Sie stellen keine Fragen. Sie tun einfach, was getan werden muss, klaglos. Am Arbeitsplatz ist unkooperatives Verhalten die größte Sünde. Das Fließband anhalten, um ganz einfach mal zu fragen: Warum machen wir das?, ist ein Verbrechen. Immer Profi bleiben. Sich in den Arsch ficken lassen und dazu lächeln. Wenn man gut im Nehmen ist, wer weiß, vielleicht darf man ihn dann irgendwann selber mal jemandem reinschieben. Aber bis dahin immer schön mit dem Rudel bumsen. Ja nicht auffallen!

Zurück zum Gedächtnis meiner Gene. Den Stecker ziehen. Die Luft ist nicht sauber. Zu viele künstliche Wellen verschmutzen das Wissen, das hier schwebt. Zurück zum Gedächtnis meiner Gene.

Brooklyn

»Weißt du, was ich aus einem Investment von fünftausend machen kann?«, fragt mich am Telefon mein Highschool-Freund Jeff, der Millionär geworden ist. »Ja, sicher, bestimmt richtig viel, aber das ist nicht nur ein Investment, sondern Kunst«, sage ich, weil ich ihn überreden will, ein Theaterstück von mir in Brooklyn zu produzieren, aber er will davon nichts wissen, auch wenn ich ihn anbettele, keinen Penny würde ich von ihm bekommen. Das Stück ist der Hammer, aber was soll's. Ich komme mir vor wie ein Tier in der Falle. Ich weiß nicht, was für ein Tier, und kann mich nicht entscheiden. In dieser gottverlassenen Stadt hat man leicht mal das Gefühl, in der Falle zu sitzen.

»Da oben in New York gibt es viele gute Kirchen, Alter«, hat mir mein alter Kumpel Jeff neulich am Telefon gesagt.

»Ach Jeff«, sagte ich, »das Ding ist, wenn man macht, dass das Ding das Ding macht, das es macht, dann wird aus dem Ding erst das eigentliche Ding, weißt du?«

»Was erzählst du denn jetzt wieder, du Irrer?«, sagt er, mein alter Kumpel Jeff, der gläubige Jeff, der Jesusfreak Jeff, der große Dynamo Jeff, der rastlos Gottes Werk verrichtet. Neben seiner Immobilienfirma hat er jetzt auch noch seine eigene Radiosendung, da erzählt er von Geld und Hypotheken und macht gut Kohle. In der guten alten Zeit haben wir zusammen in einer Band gespielt, als das Leben noch vor uns lag wie ein Leuchten in der Nacht, vor den vielen Schicksalsschlägen, Unglücken und Identitätsverwechslungen, als wir den Glauben noch nicht verloren hatten und ohne Furcht waren. In diesen Goldenen Jahren aus Holz und Zwirn, den Jahren des Bootsbaus, der Zukunft ohne Reue, einfach wieder aufbauen, wenn es zusammenstürzt, Wind im Gesicht und in den Haaren, in der Ferne Duft nach Meer, über uns die Sonne, jeder Grashalm genau am richtigen Ort, immer vorwärts, vorwärts.

»Nichts«, sage ich. »Gar nichts erzähle ich. Na ja, eigentlich doch, aber das hat Zeit. Was ich dir eigentlich erzählen wollte, ist, dass ich endlich an die Wiederauferstehung glaube, aber nicht so wie du, du Fettsack, sondern auf meine ganz eigene Weise.«

»Na! Klingt ja toll, Alter, wow!«

»Ja, aber jetzt komm mir um Himmels willen nicht mit einer deiner Predigten. Ich hab mir gerade deine verblödete Radiosendung übers Internet angehört, das muss reichen.«

»Ha! Hat sie dir gefallen?«

»Na klar doch. Für einen drittklassigen Provinzradiostar hast du dich wacker geschlagen, doch, echt jetzt! Für Hausbesitzer und solche Leute sind das sicher tolle Infos, aber hey, für mich, na ja, du weißt ja …«

»Schon klar. Wann kommst du nach Dallas?«

»Bald, muss das Kind meiner Schwester ansehen. Weißt schon. Wie geht's der Gattin?«

»Gut, uns geht's gut. Du weißt, dass meine Filiale jetzt mir gehört, oder?«

»Echt? Na, Glückwunsch, Kumpel, aber jetzt nicht reich werden! Immer an das Kamel und das Nadelöhr denken.«

»Ha! Stimmt! Das muss der Einfluss der Herrn auf dich sein, ich werde heute Abend für dich beten.«

»Na, dann segne dich Gott, und wenn du schon dabei bist, dann bete für uns alle«, sage ich.

»Wird gemacht. Hör mal, in ein paar Wochen komme ich für eine Radiokonferenz rauf, wäre toll, dich zu sehen, Alter.«

»Was? Das ist ja super, Kumpel! Warum hast du das nicht gleich gesagt?«

»Du lässt mich ja nicht zu Wort kommen, du alte Sau. Bist du da, wenn ich komme?«

»Na klar. Wenn du bei Allison und mir pennen willst, nur zu.«

»Oh, danke, Alter. Ich bin im Hotel, Linda kommt nicht mit. Ich habe auch noch ein paar andere Geschäfte da oben.«

»Geschäfte also? Okay, sag einfach Bescheid, wenn du hier bist.«

Jeff und ich haben uns jetzt schon ein paar Jahre nicht mehr gesehen. Beim letzten Mal waren seine Ehe und sein Geschäft völlig im Arsch, aber das hatte sich wohl inzwischen wieder eingerenkt, und er wieder auf der Erfolgsspur. Er gehört zu der Handvoll wahrer Freunde, die ich auf der Welt noch habe. Freunde, die dich bei sich zu Hause verstecken und sich deine Version der Geschichte anhören würden, bevor sie die Cops rufen. Freunde, die dir alles Geld geben würden, das sie in der Tasche haben, und sagen: »Da, nimm, mehr Bargeld habe ich nicht im Haus … und nimm die Autoschlüssel, ich melde das Auto morgen früh als gestohlen, bis dahin bist du über die Staatsgrenze.« Freunde, die dir zu Hilfe kommen und deine Hilfe in Anspruch nehmen, wenn es nötig wird, die ganz offen und frisch von der Leber weg mit dir reden. Wer sagt einem schon, was er wirklich über einen denkt? So ein Freund war Jeff für mich. Ich hätte mir nur gewünscht, dass er bei der Musik bleibt, aber das muss jeder selber wissen.

#

Ich beschließe, mich an diesem Morgen krankzumelden, Scheiße, warum auch nicht? Die vergangenen drei Monate über habe ich versucht, eine Gehaltserhöhung zu kriegen, und der scheiß Vice President weicht mir immer aus. Hier geht es höchstens um ein paar Dollar, nichts Weltbewegendes, einfach um gerechte, anständige Bezahlung. Er ärgert sich wahrscheinlich immer noch über meine Rundmail, in der ich unsere Firma für ihren Werbespot für einen Agro-Biotech-Riesen kritisiert habe. Allison ist in den Park gegangen. Ich glaube, ich gehe auf den Friedhof. Es muss etwas geschehen. Eine Ära geht zu Ende, eine neue muss beginnen. Stillstand kann ich nicht ertragen. Ich habe mit Allison wieder übers Abhauen geredet.

»Ich kündige oder versuche, mich rausschmeißen zu lassen«, erklärte ich ihr.

»Wie bitte? Und was dann?«, fragte sie.

»Dann fahren wir los. Wir arbeiten auf Biobauernhöfen und reden mit den Menschen, die ihre eigene Scholle beackern, damit wir, äh … wir besuchen Indianerreservate, mal sehen, wie wir da helfen können. Das ist wahrscheinlich gefährlich, aber scheiß drauf. Ich bin schon zu lange in New York, Baby, ich muss mal mit ganz anderen Menschen reden. Ich weiß, du bist jünger und lebst hier noch nicht so lange …«

»Mein Alter hat nichts damit zu tun, ich möchte die Sachen einfach ein bisschen besser planen. Du willst einfach losziehen, und der Rest kommt später.«

»Klar, improvisieren! Ich improvisiere gern.«

»Lass uns das einfach besser durchdenken, lass uns zusammen überlegen.«

Natürlich hatte sie recht, aber ich hätte den Vorgang so gerne beschleunigt. Ich wollte wirklich raus und mit Menschen reden, die Ackerbau betreiben, vielleicht konnte ich von ihnen lernen. In New York ist alles Konkurrenz, die Neuankömmlinge sind kaum an Land, da stecken sich schon ihren Claim ab.

Als ich über den Friedhof spaziere, muss ich über ein paar von diesen Witzfiguren mit ihren Mausoleen und Obelisken unwillkürlich lachen. Manch eine Gruft ist so groß wie ein U-Bahn-Eingang, wie der an der Kreuzung 72nd Street und Broadway, der an der Atlantic Avenue oder so. Auf manchen Gräbern stehen riesige Statuen der Verstorbenen, oder auf dem Grabstein sitzt eine steinerne Frau und weint. Ihr müsst loslassen, ihr Eumel. Überlegt euch mal, was man mit dem ganzen Geld alles hätte machen können, wie viele Familien man damit hätte ernähren und kleiden können!

Beim Gang über den Friedhof sieht man dieselben großen Namen wie auf den Straßenschildern, an U-Bahnhöfen, Schulen … diese Schisser und ihr Erbe, wie viel Angst vor dem Sterben sie hatten, dass sie unbedingt ihren Namen am Leben halten wollten, als lägen Wissen und Weisheit im Namen. Rund um die toten Gräber sprüht es vor Leben: Bäume, Vögel, Wasser, Seerosen, Fische, Frösche, Insekten. Wenn die Gräber nicht wären, wäre das hier bestimmt ein Parkplatz, aber die ganze Sumpfblüte dieses Pomps war trotzdem zum Schießen.

Als ich einmal durch die Hauptstadt Washington spazierte, hatte ich dasselbe Gefühl. Ich musste ein wenig Zeit totschlagen und besichtigte so viele Nationaldenkmäler wie möglich. Ich besuchte die National Mall, das Lincoln Memorial, das Vietnam War Memorial, und dann beschloss ich, mir auch noch den Arlington National Cemetery zu geben und den Märtyrern meinen Respekt zu erweisen. Ich lief durch die Gegend und sprach meine eigene Art von Gebet für die Seelen der toten Soldaten, dankte ihnen und stieg dann hinauf zum Arlington House, wo einst Robert E. Lee residierte, mit Blick über den Potomac. Von dort oben kann man sehen, wie die Hauptstadt eigentlich angelegt ist und welche Macht sie ausstrahlt. Keine spirituelle Macht, sondern Macht, die beherrscht und unterjocht. Unnatürlich weiß stechen die vielen Denkmäler aus dem Grün der Landschaft hervor. Alles wirkt weit ausgebreitet, auseinandergezogen, unvereint. Zwischen diesen Obelisken, Statuen und Mausoleen und jenen hier auf dem Friedhof, den ich gerade durchwandere, kann ich kaum einen Unterschied erkennen. Sie wurden alle für die Toten errichtet, nicht für die Lebenden. Aber verlass dich nicht auf mich, mein Freund, sieh selbst.

Wenn man durch dieses unfassbar schöne Land fährt, fragt man sich, warum alles eingezäunt ist und unsichtbaren Herren gehört. Man fragt sich, warum nicht jeder seine eigene Scholle beackert und man seine Schätze miteinander teilt, warum wir nicht das Recht oder die Zeit haben, dort draußen zu denken und zu reden, warum wir da draußen im weiten Land unsere Probleme nicht lösen können. Die Herren erklärten den Ureinwohnern: »Wir sind eure Väter.« Ich habe zwei Väter, der eine ist die Sonne, und der andere erhebt nie Besitzansprüche auf mich.

»Jeff«, sage ich, als wir in einem Restaurant sitzen, »weißt du noch, damals in New Orleans, als du gesagt hast, unsere Generation sei noch nicht reif dafür, dass man ihr die Stadtschlüssel übergibt?«

»Klar«, sagt er und blickt aus dem Fenster auf die Menschenmassen, die sich über die East Houston Street wälzen.

»Ich wäre jetzt so weit. Und du?«

»Wie meinst du das?«, fragt er und trinkt einen Schluck Scotch.

»Lass uns doch zusammen ins Geschäft kommen.«

»Was denn für ein Geschäft?«

»Menschen umsonst zu essen geben, Menschen Arbeit geben, von Stadt zu Stadt, ein Landkreis nach dem anderen. Ich hatte dir doch von meiner Idee erzählt. So ein Geschäft.«

»Klar, tolle Idee. Ich weiß nicht, ob ich das Geschäft nennen würde, aber … Stell doch eine Anzeige online oder so, mal sehen, wer Interesse hat«, sagt Jeff.

»Nein, so kann man das nicht machen. Ich will nicht in New York damit anfangen. Ich will diese Macher und Schwätzer aus der Großstadt nicht. Ich will mitten im Land anfangen, irgendwo im Westen, wo der Boden sauber ist und die Menschen sich zum Kommunizieren mehr Zeit lassen.«

»Okay, hmmm …«

»Weißt du, wir müssen unsere Armee an Orten rekrutieren, in deren Nähe Flüsse fließen, sich Berge und Hügel erheben, wo die Luft sauber ist und man nachts die Sterne zählen kann.«

»Unsere Armee, was? Du durchgeknallte Sau.«

»Klar, zusehen und lernen, reden und denken, klare, zusammenhängende Gedanken, die langsam reifen, nicht unter Zeitdruck! Dann reiten wir auf einem Esel in die Stadt und lassen es richtig krachen!«

»Mach mal, klingt gut«, sagt er, ohne mich anzusehen.

»Na schön, dann gib mir Geld«, sagte ich und halte ihm die offene Hand hin.

»Wie bitte?«

»Klar, du hast Geld und ich habe Zeit. Ich fahre mit Allison über Land und lerne bei den Besten. Wir bereiten alles vor. Geld springt für keinen von uns dabei heraus. Es geht ums Abenteuer.«

»Glaubst du, du hast Mumm genug, das durchzuziehen?«, fragt er.

»Keine Ahnung, aber ich möchte es probieren.«

»Äh, mit meinem Geld?«

»Ja, alle Seiten müssen Mumm beweisen! Wir sind doch Männer, oder? Und dies ist Amerika, oder? Scheiße, wo ist unser Pioniergeist geblieben? Willst du dich darauf verlassen, dass die Politiker alles richten? Oder die Schweine aus der Finanzwelt? Aus der Werbung? Nein, mein Freund, das müssen richtige Menschen machen, Verrückte. Keine Blogs, keine Videos, einfach das Nötige tun, ohne viel Aufhebens. Das wächst, und zwar auf die altmodische Weise. Von mir aus muss es nicht schnell gehen. Auf Tempo sind wir zuerst mal nicht aus. Wir fangen bei null an und müssen erst beobachten und lernen, bevor wir loslegen.«

»Aha, okay … und wie viel brauchst du?«, sagt er, damit wir endlich auf den Punkt kommen.

»Fangen wir mal mit fünftausend an.«

»Gute Güte …«

»Wenn du mir wieder erzählst, was du alles aus einem Investment von fünftausend Dollar machen kannst, reiße ich dir die Milz raus und verbrenne sie hier auf dem Tresen, oder vielleicht auch nicht, ich bin ein friedliebender Mensch und du bist viel größer als ich, aber ich rede nie wieder mit dir.«

»Wie bitte, ich soll dir einfach fünftausend Dollar rüberreichen und keine Fragen stellen?«

»Nein, du kannst so viele Fragen stellen, wie du willst, aber wenn du nicht die richtigen Fragen stellst, dann bringt das nichts. Kannst du dich noch an die ganzen Geschichten über Verträge auf Bierdeckeln erinnern? Über Abschlüsse per Handschlag? Was ist daraus geworden?«

Er wolle darüber nachdenken, sagte er, und mit seiner Frau darüber reden. Er müsse zugeben, es handele sich hier um ein ungeheuerliches Unternehmen von biblischen Ausmaßen; ich stimmte ihm zu. In dieser Nacht schlief ich schlecht, wachte einmal die Stunde wieder auf und blickte zu Allison hinüber, die neben mir schlief. Ob sie mitkommen würde?, dachte ich immerzu. Was, wenn Jeff mir kein Geld gab? Manchmal muss man etwas alleine machen, aber wie herrlich ist es doch, Unterstützung zu haben.

Wir müssen aufbrechen, wir müssen in Bewegung bleiben. Dürfen den Mut nicht verlieren. Dies ist unser Land, und wir dürfen frei darauf wandeln. Wir haben Redefreiheit, Gedankenfreiheit, Fragefreiheit. Wir sind frei. Wenn wir wollen.

Unterwegs

Ich wurde immer betrunkener und die Stadt setzte mir auf üble Weise zu. Irgendwas würde mich in den gräulichen nächtlichen Strom ziehen. Der Weg nach vorwärts war verbarrikadiert, verworren und verknotet vor lauter Ängsten und offenen Fragen. In mir habt ihr einen Menschen voller Fehler, vergebt mir und liebt mich, so lautet meine Botschaft an Hinz und Kunz.

In rot blitzendem Stroboskoplicht, verqualmter Luft und unter Schreien kamen wir als Gruppe noch einmal zusammen. Es war Silvester und Allison war fort. Dari war zurück und viele andere waren es auch. Ich spielte wieder in einer Band, mit den Kids. Die Herrlichkeit des Scheinwerferlichts rief und es gab kein Entkommen, es sei denn in eine Art Tod. Mein Baby war fürs Erste fort, wir hatten einander unheilbare Wunden geschlagen. Ihr Abgang war nötig gewesen. Die liebliche Allison hatte zurück nach Florida ziehen und neu anfangen müssen. Jeff und seine Frau hatten sich geweigert, uns Geld zu geben.

Wieder gingen wir auf Tournee quer durch das Land. Kiarsh, unser Drummer, war frisch aus dem Iran gekommen und bei den Kids eingezogen. Wir beide hatten uns sofort zueinander hingezogen gefühlt, wie zwei Menschen, denen es bestimmt ist, ein Stück Weges gemeinsam zu gehen. Er ist groß und schön, mit tiefdunklen Augen. Die Mädchen sind verrückt nach ihm. »Bleib, solange du musst«, hatte er mir gesagt.

Wir müssen alles Nötige für den ersten Abschnitt der Tournee packen. In unserem Fall besteht der Proviant vor allem aus Drogen. Fläschchen mit Amphetamin, synthetische Opiate, Hydrocodon und eine Unze Marihuana, all das muss beschafft werden, bevor wir abfahren können, und als wir den Laster mit seinem Anhänger endlich in Richtung westlicher Gestade steuern können, ist es schon früher Nachmittag. Ich lasse den Manager zuerst fahren, und los geht es, die Verrazano Bridge trägt uns über die Meerenge; dort kann man sich einbilden, einen Blick auf Europa zu erhaschen, wenn man angestrengt nach Osten blickt, dann quer durch New Jersey, wo wir dem ersten bösen Omen vor Einbruch der Nacht begegnen; viele werden folgen. Es handelt sich hier um ein Naturwunder, das Durchbruchstal des Delaware mit seiner silurischen Sandstein-Herrlichkeit, die Gipfel des Tammany und des Minsi, die einander sehnsuchtsvoll von gegenüberliegenden Ufern des Flusses beäugen, der sich so kunstvoll in die Appalachen geschnitten hat.

Die Lärchenwälder, die die Hänge und Täler Pennsylvanias bedecken, werden bald aus ihrem Winterschlaf erwachen und in den herrlichsten Farben sprießen, die man sich vorstellen kann, aber noch hat eine dürre kalte Verlorenheit alles fest im Griff. Der Einbruch der Nacht vollzieht sich hart und schnell, jetzt bin ich als Fahrer an der Reihe, und nach kurzem Halt zum Tanken und Essen setze ich mich ans Steuer. Das Speed lässt meine Gedanken rasen und ich sehe Schatten und Gespenster. Ich denke an Allison und die Geister der Lenni Lenape. Zwischen den Eichen, Hickory- und Ahornbäumen und Eschen kann ich ihre vorzeitlichen

Feuer brennen sehen. Wildpferde sehe ich und Rudel hungriger Wölfe, die sie jagen. Ich höre Trommeln und Gesänge.

Sonnenuntergang, dann wieder Tagesanbruch. Das Fahrzeug immer in Bewegung, klar, aber kalt, alles okay. Seetaucher huschen über weißes Land. Rauch und Kreischen. Rauf und runter. Schneebedeckte Felder, nordwestliche Winde. Weiß auf Weiß auf Weiß, wir fahren durch den Tag und durch die Nacht. Noch zwei Tage Fahrt, von der letzten Tankstelle aus gerechnet, bevor wir San Francisco sehen.

Wieder ist es Tag, dichter Schnee und vereiste Straßen, Lunch in einem Diner, blaue Augen, Gelächter. Noch ein Tag und eine Nacht auf der Straße mit dem Wind als bedrohlichem Dauerbegleiter, dann klart es wieder auf.

Und immer wenn ich mich ans Steuer setze, lasse ich die Gedanken schweifen, in die jüngste Vergangenheit zu meiner süßen verflossenen Allison. Was ist schiefgelaufen? War alles schon beim holprigen, verrauchten, verspeedeten, versoffenen Anfang im dunklen verstunkenen Loft zum Scheitern verurteilt? Oder war es unsere letzte gemeinsame Wohnung mit dem zahnlosen Frank aus dem Souterrain, der uns krumm gewachsenes warziges Gemüse aus dem Garten brachte, während er am Keuchhusten verreckte, oder der Assi-Vermieter mit seinem kaputten unverständlichen Englisch in diesem Friedhofsviertel? War es ihr Kellnerjob oder der Riss in ihrem Frontallappen? Waren es mein Alk und meine Drogen, die uralten Schuldgefühle und Ängste, die in mir brannten? Nie höre ich Antworten, nur immer mehr Fragen, bis das Speed mich überholt und mein Geist schneller rast als der rasende Laster mit seinem Anhänger, rund um die Erde und dann ins All Richtung Merkur (mein Leitstern). Hinten schreit einer was und ich muss kurz zurück in die wirkliche Welt und so tun, als wäre alles okay, auch wenn es nicht wahr ist. Ich möchte den Laster wenden und Kurs auf Tallahassee nehmen.

Auf der Raststätte spaziere ich jetzt nach ausgiebigem Pissen hinter den Klos herum. Ich blicke ins Dunkel und sehe plötzlich ein Wahnsinnsbild. Ich stehe im Dunkeln vor den Great Salt Flats. Ich war schon einmal dort, nicht genau an dieser Stelle, aber nicht weit davon. Ich war mit ihr unterwegs, June mit den grünen Augen, es ist eine Ewigkeit her. Wir fuhren von Texas auf dem Weg nach Kalifornien durch Oklahoma und hatten ihr rotes Kabrio hinten an unseren gemieteten Umzugslaster gehängt. Wir waren beide neunzehn und wollten in den letzten Jahren des zwanzigsten Jahrhunderts mit dem Rest der Träumer in L.A. unsere Kräfte messen. Die Fahrt nach L.A. würde drei Tage dauern. Unser erster Halt war Sayre in Oklahoma, ein Besuch bei ihren Großmüttern, Grandma Marge und Grandma Annie, die eine war die Mutter der anderen. Sayre ist ein kleiner Ort, der früher an der Route 66 lag, und John Ford hat hier ein paar Szenen für *Früchte des Zorns* gedreht.

June, besagtes Mädchen, versuchte, mich als Kumpel auszugeben, und ich musste mitspielen und in einem anderen Zimmer schlafen, um den Schein zu wahren. Ich glaube, die Omis hatten uns durchschaut, das waren schlaue alte Knackerinnen, die mit Erdgas reich geworden waren und denen praktisch der ganze Ort gehörte. Sie hatten früher einen ziemlichen Männerverschleiß, erzählte June. Sie wohnten in einem riesigen Haus auf einem großen Grundstück mit Pferden und Hunden. Ich fragte June nicht, warum sie mich als Kumpel ausgab, und die rassistischen Untertöne ihrer Entscheidung gingen mir völlig am Arsch vorbei. Ich wollte es nur so oft wie möglich mit ihr treiben, so lange wie möglich, scheiß auf den Rest.

Sie war so scharf, dass wir kaum einen Meter gehen konnten, ohne dass sie angemacht wurde, und das, obwohl ich danebenstand. Im Einkaufszentrum, im Kino oder einfach auf der Straße. Einmal standen wir in ihrem heißen roten Kabrio an der Ampel und ein Penner stieg aus seinem Wagen, lief zu uns, warf uns ein zerknülltes Stück Papier mit seiner Telefonnummer ins Auto und stieg wieder ein, bevor es grün wurde. Das störte mich alles nicht, im Gegenteil, es machte mir Spaß. Schließlich war ich es, der sie Tag und Nacht haben konnte. Scheiße, einmal habe ich sie sogar schwanger gemacht. Sie hatte die Angewohnheit, gelegentlich fremdzugehen, aber ich habe einfach weggeguckt und es genauso gehalten, und alles war easy.

Als ich sie zum ersten Mal sah, waren wir beide in der Mittelstufe. Die Leute liefen auseinander, und da stand sie, mitten im Flur, mit ihrer Freundin Frenchy. Ich hatte noch nie ein so engelsgleiches Wesen gesehen wie June: lange auserlesen goldene Locken, liebliche weiße Haut, ein strahlendes Lächeln, üppige Kurven und ziemlich heftig drauf. Sie sah aus wie Cybil Shepherd in jung, nur mit grünen statt blauen Augen. Ich redete nur einmal ganz kurz mit ihr, dann schickte ihre Mutter sie auf die Kadettenanstalt, weil sie und Frenchy Koksnasen waren, und ich sah sie erst im zweiten Jahr auf dem College wieder. Da hatte sie einen Freund, aber irgendwie kriegte ich sie trotzdem.

Jedenfalls waren wir auf dem Weg nach L.A., und nach ihren coolen alten Omas wollten wir ihren Vater besuchen, in Amarillo im Panhandle von Texas. Als June sechs war, hatte ihr Daddy sich in seine Sekretärin verliebt und ihre männermordende Mutter verlassen. Er hätte reich sein können, wenn er weiter mitgespielt hätte, aber er hatte wohl die Nase voll und beschloss, Reichtum gegen Glück einzutauschen. Ihr alter Herr war ganz nett, großgewachsen, stoisch und gutaussehend; er hatte noch zwei Töchter, fast so hübsch wie June. Die ganze Kumpelnummer glaubte er von Anfang an nicht, weil er nicht blöd war, aber er mochte mich trotzdem. Wir blieben ungefähr eine Stunde bei ihm und tranken Eistee, dann fuhren wir weiter, hielten hinter Amarillo an der Interstate 40 und fielen übereinander her. Fuhren einfach rechts ran und legten los. Im Auto ritt sie mich gerne. Als es abends Zeit für ein Hotel war, erzählte sie der Frau an der Rezeption, das Zimmer sei nur für sie und ich sei ein Freund aus der Gegend, der ihr bloß mit dem Gepäck helfe und in einer Stunde wieder weg sei. Am Morgen darauf bekam sie eine Rechnung für zwei Gäste.

»Entschuldigung, habe ich gesagt, aber das muss ein Irrtum sein«, berichtete June mir, als wir wieder auf dem Highway waren. Ihr langes blondglänzendes Haar flatterte im Wind, sie sah mich durch ihre Audrey-Hepburn-Sonnenbrille an, die Füße auf dem Armaturenbrett, und trank mit einem Strohhalm Dr. Pepper.

»Sagt die Frau: Das ist kein Irrtum, wir konnten euch die ganze Nacht hören und wissen, dass Ihr ›Freund‹ geblieben ist!« Sie lachte fröhlich wie ein Kind zu der Pointe.

Das gefiel mir. Damals brachte ich sie zum Trällern wie ein Vögelchen, ich hörte so gerne, wie sie meinen Namen schrie, ganz lang gezogen mit ihrem Texas/Oklahoma-Akzent: »Ooh … baby … ahhh … Aali, Aaliii … Aaalliii!«

Sie war mein blondes grünäugiges Dreamgirl, und ich konnte nie genug von ihr kriegen.

Am zweiten Abend unserer Reise machten wir in Flagstaff in Arizona Station, und die Luft war kühl und frisch, mitten im Juli. Wir gingen unter den Ponderosa-Kiefern spazieren und blickten einander tief in die Augen, trieben es in einem hübschen alten Hotel mit Blick auf die Altstadt und fuhren dann früh am nächsten Morgen weiter. An jedem Truck Stop wurden wir beäugt, neidisch beäugt.

Am dritten Tag kamen wir gegen zehn Uhr abends in L.A. an und fuhren zu der Wohnung, in der June uns eingemietet hatte. Sie war am Ventura Boulevard in Studio City, gleich unten am Hügel, sechs Zimmer, vier Mitbewohner, alle beim Film oder bei irgendeiner Agentur. Die ersten paar Monate war es herrlich, weil wir ein bisschen Erspartes hatten und uns nicht gleich Arbeit suchen mussten, zu Hause blieben und es fünf oder sechs Mal am Tag miteinander trieben.

Wir fuhren in ihrem kleinen Auto spazieren und träumten, den Wind in den Haaren, von den Nächten unserer Zukunft, voller Stars und voller Sterne. Wir gingen an den Strand zum Abhängen, völlig sorglos. Wir besuchten Sexshops und trieben es in den kleinen Kabinen oder gingen ins Einkaufszentrum und trieben es in den Umkleidekabinen, sie war krass drauf und machte es gern in der Öffentlichkeit. Eines Abends fuhren wir sogar nach Tijuana, ich werde nie begreifen, woher ich den Mut nahm, da mit ihr rumzulaufen. Wir lernten ein paar junge Mexikaner kennen, hingen mit ihnen ab und tranken so viel Tequila, dass wir kaum wieder zurückfanden, und zu allem Überfluss blies June mir den größten Teil der Fahrt über einen.

Übel wurde es schnell genug. Wir fanden beide lange keine Arbeit und das Geld ging uns aus. Ihre Omis schickten ihr ein bisschen was, aber das war auch irgendwann alle, und wir mussten aus unserem Traumhaus ausziehen und uns eine schäbige kleine Wohnung in Van Nuys nehmen, wo June für irgendeinen dreckigen Assi-Zuhältertypen als Hilfshausverwalterin arbeitete. Manchmal schleuste sie mich im Büro ins Hinterzimmer und ließ mich ein bisschen naschen, stieß mich auf ihren Schreibtischstuhl, streifte das Höschen ab, lüpfte den Rock und setzte sich auf meine hammerharte Männlichkeit; ich zog ihre langen blonden Haare nach vorn und ließ sie in meinen Handrücken beißen, damit sie nicht schrie.

Im Hof des heruntergekommenen Apartmenthauses gab es einen Pool, einmal gingen wir gegen Mitternacht hinunter und June zog sich aus und gab ihre beste Marylin-Monroe-Nummer aus diesem letzten unvollendeten Film mit Dean Martin zum Besten. Ich sprang ihr hinterher, bekam sie an der Leiter zu fassen und ließ sie mir wieder in den Handrücken beißen. Ihr Zuhälterboss hatte ein Apartment mit Blick auf den gleichen Pool und bekam glaube ich ein bisschen von unserer Show mit.

Ich nahm eine Stelle als Verkäufer an, ausgerechnet, bekam dauernd Filmstars zu sehen. Nach einer Weile fand June einen Agenten und fing an, sich mit Produzenten, Regisseuren und älteren Schauspielertypen rumzutreiben. Zu Anfang nahm sie mich mit, aber mir war klar, dass diese Kerle allein mit ihr sein wollten, und ich wusste genau, wie das in Hollywood läuft, also hielt ich mich zurück und ließ sie angeln.

Zu Hause in Dallas, vor unserer Abreise, war alles traumhaft gewesen. Eine der besten Zeiten meines Lebens, wenn ich heute daran zurückdenke. Ich hatte gute Freunde, studierte auf dem College Schauspiel, in einem überregional anerkannten, preisgekrönten Studiengang, der mir Stipendien für verschiedene Universitäten im ganzen Land einbrachte. Ich war ein Publikumsliebling und bekam meine Rollen nicht nur, weil ich ein anständiger Schauspieler war, sondern auch weil in den zwei Wochen, die das Stück gezeigt wurde, hundert Menschen oder mehr auftauchen würden, nur, um mich zu sehen. Meine Ecke in der Garderobe stand nach den Aufführungen immer voller Blumen von Bewunderern, Fans und Freunden. Ich kannte damals jede Menge Leute. Der Regisseur setzte sich eines Tages mit mir zusammen und versicherte mir, ich könne auf die Julliard gehen, wenn ich noch ein Jahr bei ihm bliebe. Ich war in körperlicher Höchstform, sah aus wie eine scheiß griechische Statue, arbeitete bei meinem Vater in dem tollen kleinen italienischen Restaurant, dessen Mitbesitzer er war, und verdiente anständig Geld. Ich teilte mir eine Wohnung mit zwei der besten Mädchen in unserer Theatertruppe, hatte ein wunderbares kleines Auto und was nicht noch alles.

June arbeitete damals als Cocktailkellnerin in einem Stripclub und verdiente pro Abend drei- bis fünfhundert Dollar. Einmal stand sie nach der Arbeit um vier Uhr morgens kreischend bei mir in der Wohnung und schleppte mich nach unten, um mir zu zeigen, was irgendein Typ ihr als Trinkgeld gegeben hatte. Es war ein brandneuer Porsche 911 Kabrio mit Fahrzeugschein und allem Drum und Dran. Das Arschloch hatte ihr sogar noch dreihundert Dollar draufgelegt, für ihren ersten Strafzettel für zu schnelles Fahren.

»Scheiße, Baby, machen wir eine Spritztour«, sagte ich, setzte mich ans Steuer, und wir rasten durch die Stadt, bis die Sonne aufging, dann parkten wir hinter einem Bürogebäude, und sie besprang mich, wie sie es so gerne tat. Aber wir mussten das Teil zurückgeben, denn am nächsten Morgen ließen wir ein paar Kumpel von mir damit rumfahren, und sie kamen mit einer Schachtel wieder an, die sie im Kofferraum gefunden hatten und die unter anderem ein paar Schnappschüsse von Menschen auf einer Geburtstagsparty enthielt, ein Paar schwarzer Handschuhe und eine .22er Pistole mit einer Schachtel Patronen.

»Die Waffe funktioniert super, wir haben hinter Spring Creek auf dem Acker ein paar Zielübungen gemacht«, verkündete mein Kumpel. Eine meiner Mitbewohnerinnen, Sally, hatte einen Freund, der Cop war, und sie wollte ihn bitten, den großzügigen Trinkgeldgeber ein bisschen auszuforschen. Der Cop sagte, der Mann habe eine Tochter in Junes Alter und da sei etwas faul. Scheiße, ich hatte schon den Vater eines meiner Freunde mit Geld an der Angel, einen Arzt, der das Drecksteil für nur fünfzehntausend Dollar unter Wert kaufen wollte, weil das Modell brandneu und schwer zu kriegen war. Der Arztpapa hätte bar gezahlt, ohne Fragen zu stellen, aber June fand es einfach zu riskant. Nur die Pistole behielten wir und nahmen sie mit nach L.A.

»Fragst du dich nie, was sie tun musste, um das Auto zu kriegen, Ali?«, fragte Sally mich irgendwann.

»Ist mir egal, Sally, ist mir egal, was sie tun musste. Sie kann machen, was sie will«, schnappte ich zurück.

»Hmm ... an deiner Stelle würde ich aufpassen. Die Frau ist verlogen. Ich würde nicht mit ihr nach L.A. ziehen. Bleib lieber hier bei uns. Geh nicht mit ihr weg.«

»Ich werde mit ihr weggehen und ich liebe sie. Ich weiß, wer sie ist und was sie macht, und weißt du, was? Das ist mir egal, sie ist es wert und sie gehört zu mir.«

Sally und ich waren ein paarmal miteinander im Bett

gelandet, als June mit ihrer Mutter Urlaub machte, und hatten einander gern. Sally hatte eine fünfzehn Zentimeter lange Zunge und war das verrückteste Mädchen, das ich je auf der Matratze gehabt hatte. Ich fuhr alles auf, was ich hatte, um sie zu befriedigen, aber ein Orgasmus oder zwei reichten ihr nicht, und sie machte ohne mich weiter, wenn ich fertig war. Diese abgedrehte Irre besorgte es sich noch drei oder vier Mal, während ich neben ihr lag, ohne auch nur Notiz von mir zu nehmen. Scheiße, einmal stand ich auf und ging wieder in mein Zimmer, und sie merkte es nicht einmal, sie rieb sich einfach weiter die magische Mitte. Sally kam bei einem Autounfall ums Leben, als ich in L.A. war, und ich schaffte es nicht einmal zu ihrer Beerdigung. Sie war so wunderschön und begabt, Gott hab sie selig!

Jedenfalls, damals war alles super. Wir waren Teenager und uns gehörte die Welt, aber aus irgendeinem Grund reichte mir das alles nicht und ich beschloss, den Weg zum Starruhm abzukürzen, statt auf der durchkalkulierten akademischen Kriechspur zu bleiben. Wer weiß, vielleicht war es ja Junes unglaubliche Vagina, die mir den Weg ins Abenteuer wies. Nach etwa einem halben Jahr in L.A. verließ sie mich dann. Ich besuchte meine Eltern in Dallas und hörte an den letzten beiden Abenden nichts von ihr. Als ich wieder in L.A. war, wohnte sie schon bei irgendeinem Schauspieler Ende zwanzig. Ein paar Tage nach meiner Ankunft kamen sie vorbei und holten ihre Sachen. Ich tat ganz cool, gab dem Penner die Hand, lächelte, erzählte June, sie solle Bescheid sagen, wenn sie etwas brauche, aber kaum waren sie weg und die Tür war zu, klappte ich zusammen und heulte mir die Augen aus. Ich fragte sie nie, warum sie gegangen war, für so was war ich zu stolz.

Ich fing an, mit einem Typen namens Jessie abzuhängen, einem älteren Schauspieler, dem Bruder eines Theaterkumpels aus Dallas. Die nächsten paar Monate soffen wir durch wie behämmert. Ich war noch nicht einmal alt genug, um in eine Bar zu gehen, aber er bekam mich immer rein; sonst kaufte er uns eine Flasche Schnaps und wir soffen zu Hause und redeten über New York, wie er es geliebt hatte, als er dort lebte, und wie sicher er sich sei, dass ich diese Stadt eines Tages mein Zuhause nennen würde.

»Du bist wie für New York gemacht!«, sagte Jessie immer. »Tu dir was Gutes, Junge, und wackel sofort da rüber, such dir ein Model als Freundin und mach ein bisschen gutes Theater, vergiss den ganzen Scheiß hier. Echt jetzt, was kriegst du hier schon für Rollen? Selbst wenn du Glück hast, kannst du dann die nächsten zwanzig Jahre lang Terroristen spielen. Willst du das etwa? Geh nach New York, Junge, da kannst du ein richtiger Schauspieler werden! Auf der Bühne, Kleiner! Da muss man sich beweisen, auf der Bühne!«

Wir zogen kreuz und quer durch Hollywood, suchten Ärger und fanden ihn auch. Jessie kannte viele zwielichtige Gestalten, meistens bloß Junkies und Schlampen, trotzdem nicht ohne Charme. Wir kifften und soffen und gammelten dann auf der Melrose oder dem Sunset rum, um was aufzureißen, und wenn nichts lief, gingen wir eine seiner Schlampenfreundinnen besuchen, damit er es besorgt bekam. Ich war zu untröstlich und machte nicht viel, nur manchmal war ich nicht so untröstlich und machte doch ein bisschen was.

Wir ließen uns treiben und wussten nie, wo wir nachts

landen würden. Dann bekam er eine Filmrolle in New York und verschwand.

»Wir sehen uns im Big Apple, Junge, wenn der Dreh vorbei ist, kriege ich sofort was am Theater, das hab ich im Gefühl. Die Bühne, Junge, die Bühne! Also, wir hören dann voneinander.«

Nachdem ich ungefähr einen Monat lang alleine auf der Piste war, fing ich mir irgendeinen Virus ein und wurde schwer krank, so krank, dass ich in die Notaufnahme musste, wo ich fast einen Tag lang wartete, und dann sagte mir ein Arzt, ich brauche Ruhe und Tabletten. Danach war ich fertig mit L.A. und ich kaufte mir eine Busfahrkarte.

Von der Rückfahrt nach Dallas weiß ich nicht mehr viel, nur dass wir die letzten vierhundert Kilometer in Texas durch ein Rekord-Unwetter fuhren, rundherum die Tornados tobten, Blitze den Himmel erhellten, Höllenfeuer und Verdammnis.

In Dallas bekam ich eine Stelle bei einer Bank und schrieb mich an der Kunsthochschule ein. Mein Vater fand, ich solle mich zum Kameramann ausbilden lassen und bei CNN arbeiten oder so, aber mir war völlig klar, dass ich der neue Elia Kazan werden würde oder vielleicht der neue Bob Rafelson. Ich schaffte es, ein Semester lang nicht abzustürzen, aber dann, an meinem einundzwanzigsten Geburtstag, nahm mein bester Freund Ardeshir mich mit in diesen Club, der seinen neuen Freunden gehörte, ich warf mit zwei Flittchen MDMA ein, zum ersten Mal, und das war's dann.

Etwa zur gleichen Zeit lernte ich an der Uni ein großes dünnes, durchgeknalltes Mädchen aus den Südstaaten kennen, die schon einen Freund hatte, mich aber trotzdem mochte. Sie hieß Monika und ihr Gesicht war so märchenhaft, dass man keine Worte findet, hohe Wangenknochen, honigbraune Augen, vollendet volle und sinnliche rissige Lippen und die weichste Haut, die mir je untergekommen war. Eine Aufsehen erregende Malerin war sie noch dazu, mit einem total abgedrehten Musikgeschmack. Sie machte mir Mixtapes und schenkte sie mir, das durfte ihr Freund alles sehen. Monika und ich machten bei ihrer Tante ganze Nächte durch und warfen alles Mögliche ein, wenn ihr Freund nicht da war. Sie stand auf Pillen und sie war das erste Mädchen, das mir das Gefühl gab, schön zu sein. Wenn mein Schwanz nicht wollte, wegen der Drogen, ließ sie mir ein warmes Bad ein, wusch mich, nahm mein Gesicht zwischen ihre Hände und erzählte mir, dass ich schön sei, was bei meinem Schwanz Wunder wirkte. Hinterher lag sie oft bei mir und redete über Mondrian und Kandinsky.

Um diese Zeit fing ich an, in dem Nachtclub zu arbeiten, der Ardashirs Freunden gehörte. Ich war am Lichtpult und drei Mal pro Abend tanzte ich in einem Käfig, der über der Tanzfläche hing, in einem Alien-Kostüm. Das kam ganz gut an, und wenn ihr Freund nicht da war, kam Monika vorbei und hing dort ab. Meine Club-Connections beeindruckten sie, ich bekam sie immer rein und hatte Drogen umsonst. Ich war wirklich völlig in sie verliebt, aber dann nahm sie an einem Wettbewerb teil, wurde von einem Agenten entdeckt und bekam einen Vertrag als Model in New York. Ein, zwei Monate später war sie weg. Als ich wieder von ihr hörte, hatte sie sich von einem älteren Fotografen scheiden lassen und war auf Entzug.

June und ich trafen einander in den fünf Jahren, nachdem sie mich verlassen hatte, jedes Jahr, und egal, mit wem wir gerade zusammen waren, wir bekamen immer ein, zwei schöne Stunden hin. Das letzte Mal habe ich sie vor zehn Jahren gesehen, kurz vor meinem Umzug nach New York. Sie handelte sehr erfolgreich mit Wein, wollte, dass ich sie heirate und mit ihr nach Austin ziehe, aber ich hatte meine Träume, und es musste New York sein. Vor fünf Jahren habe ich zum letzten Mal mit ihr gesprochen; ich schnupfte in einem versifften Apartment in Queens Heroin und rief sie aus einer Laune heraus an. Sie sei verheiratet, erzählte sie, ihr Vater und eine ihrer Omas seien gestorben, aber ihre Mutter lebe noch und habe wieder geheiratet.

Monika ist jetzt auch verheiratet. All diese Erinnerungen jagen mir durch den Schädel auf meiner Fahrt quer durch dieses wunderschöne Land, ein Staat nach dem anderen, Meile für Meile. Hier bin ich überall schon gewesen, in jeder Ecke dieses Landes warten tonnenweise Erinnerungen auf mich. Jedes Mal, wenn ich mich ans Steuer setze, schweifen meine Gedanken in die Vergangenheit zurück, muss am Speed liegen, oder etwas will mir etwas sagen. Alle Frauen in meinem Leben haben mich verlassen. Oder ich habe sie verlassen.

Wie der Blitz lasse ich uns am Tag darauf durch Nevada und Kalifornien zischen. Die Luft verändert sich und wir können wieder atmen. Sonne, grüne Hügel, Berge, Bäche, Flüsse, Kühe, Schafe, Kondore, Raben, Adler, Habichte. Frisco ist schnell vorbei, aus Versehen habe ich den ganzen kleinen Speedball geschluckt, statt einem Viertel wie geplant, nachdem ich von der Fahrt her noch einen ganzen im Blut hatte. Ich brumme durch die elektrisch rot und grün erleuchtete Nacht, total high und mit jeder Menge Bier und Whiskey. Der Auftritt läuft super und das Publikum fährt auf uns ab, kein schlechter Anfang. Der Saal, in dem wir spielen, ist alt und prachtvoll, ein Vaudeville-Theater aus der guten alten Zeit.

Nach dem Gig spreche ich mit der Leadsängerin einer Band, die mit uns auftritt, einer großen, dünnen, dunkelhaarigen Sirene. Sie redet gedämpft, ihre Stimme hat dunkle anspielungsreiche Untertöne und verrät nächtliche Begierden. An einer Kette trägt sie einen kabbalistischen Ring um den Hals. Sie heißt Magdalena, ist geborene Kalifornierin und auf ihren hohen Absätzen einen guten Kopf größer als ich. Ihre Größe ist mir egal, ich möchte sie erklettern wie einen Mammutbaum und sehen, was sie unter der Haube hat, aber da kommt Kiarash herein und ich sehe Magdalena an den Augen an, dass sie lieber ihn neben sich gebettet sähe, also stelle ich sie einander rasch vor und gehe durch die Stadt spazieren.

Wie oft bin ich in San Francisco gewesen? Wie oft war ich dort, mit Reisetaschen voller Träume, und habe mir gesagt: »Das ist es!« Vier Mal? Fünf Mal? Dies muss das sechste Mal sein, dass ich in Old San Fran gespielt habe, mit seinem mystischen Nebel, dem irren Sonnenlicht, den grünen Hügeln und dieser Endgültigkeit der letzten Haltestelle, die von hier aus in die Welt posaunt wird.

Ich laufe draußen herum und staune, rund um den Veranstaltungsort. An einer dunklen Gasse quatscht mich ein Obdachloser an, entpuppt sich als Lyriker und will mir seine Gedichte andrehen.

»Ich habe nur ein bisschen Kleingeld in der Tasche, reicht das?«, antworte ich.

»Nee, Alter, ich verkaufe die für drei Dollar das Stück«, sagt er.

»Verkaufst du viel?«, frage ich.

»Äh, manchmal, eigentlich eher nicht. Na ja, Lyrik ist nicht mehr in.«

»Mhmm. Schade, dass ich nicht mehr Geld habe. Sonst würde ich dir eins abkaufen und mal sehen, was du so schreibst, Alter. Aber ich kann dir eine Zigarette geben, wenn du willst.«

Er nimmt sich eine Kippe von mir und wir verabschieden uns in der traumschweren Nacht. Ich gehe durch die Straßen und frage mich, was aus dieser Tournee wohl werden wird. Wir müssen diesen Weg beschreiten, nur so kommen wir weiter. Wie viele Wege noch, o Herr? Dann sagt mir eine innere Stimme: Du hattest den richtigen Weg schon vor einer Ewigkeit gefunden und standest wieder und wieder davor, und jedes Mal hast du dich für einen anderen entschieden. Am Ende dieses Weges wirst du noch einmal eine Chance bekommen. Am Ende dieses Weges wirst du wieder am Anfang jenes anderen Weges stehen, den du damals entdeckt hast. Wirst du ihn diesmal wählen?

#

Am Tag darauf spielen wir in L.A. Tolle Show, die Menge tobt und bleibt die ganze Zeit dabei. Ohrenbetäubendes Kreischen nach jedem Song. Ganz verliebt sind sie in uns. Nach dem Auftritt werden wir in ein Haus am Strand von Malibu eingeladen. Ich weiß nicht, ob das wunderhübsche Model, das dort herumhüpft, mit dem Hausbesitzer zusammen ist oder nicht, tue aber mein Bestes, einen späteren Frontalangriff vorzubereiten. Das Mädchen ist jung und schön, Typ Zahnlücke, und dumm wie Brot. Ihr Musikgeschmack ist ein Witz, ihr Kunstverstand geht gegen null, aber im Zweifel für die Angeklagte. Sie sieht aus wie eine junge Muriel Hemingway. Ich teste sie alles Mögliche, jedes Mal positiv, wenn ich rauchen gehe, kommt sie immer mit raus, bietet mir eine Führung über das Grundstück an, geht mit mir an den Strand. Wir rauchen einen Joint und reden, reden, reden. Ich bin ein Schwein, genau wie alle anderen, schleime sie völlig zu, liege in der Punktwertung vorn, ich muss rangehen, sie ist nicht mit dem Typen zusammen, dem das Haus gehört, nein, ich komme nicht weiter, sie ist nämlich mit ihrem Highschool-Schätzchen aus ihrem Heimatort irgendwo in Nevada verlobt, und unser Gespräch findet ein plötzliches Ende. Sie wirkt plötzlich beleidigt und geht, ihre blauen Augen leuchten nicht mehr vor Entzücken.

Es ist spät geworden und alle anderen schlafen offenbar schon in dem großen Haus. Ich bleibe draußen und blicke hinaus auf das wogende Strömen, vor dessen relativistischem Auge die Zeit selbst Falten wirft und mit ihrem Sirenenzauber neckt. Die Wellen locken, der Polarstern blinkt und über mir toben die Santa-Ana-Winde.

Und so stand ich dort an diesem dunklen Meer und seiner Brandung und schrie: »Komm, du großer böser Ozean, du hast zu Kerouac gesprochen, nun sprich zu mir!«

Und das Meer sprach zu mir und ich war ganz Ohr, kniete mit ausgestreckten Armen im nassen Sand, sog die salzige Meeresluft tief ein und summte das Lied mit, das die See mir sang. Sie sang es so laut, dass mir unsichtbares Blei aus meinen Ohren rann wie Blut, und ich hörte kreischende Stimmen und die Gischt flog mir ins Gesicht. Ich war bekifft und trunken von der mystischen Kraft des Meeres. Komm, du großer böser Ozean der Lust und Ehrfurcht, du Gott, du

Ungeheuer, du unvorstellbar zorniges Wesen, das so viele Schiffe und Matrosen verschlungen und sich einverleibt hat, das in seinen berückenden Wassern auf ewig die Geheimnisse der Menschheit verdaut, komm und sing mir was! Ich bin jetzt dein. Nimm mich, während der Rest der Menschheit oben auf dem Hügel selig schlummert. Nimm mich heimlich, während meine Freunde in ihren Betten den Schlaf der Optimistischen schlafen. Trag mich pol- und äquatorwärts zugleich und schleif mich dann über die Gipfel der unterseeischen Gebirge. Erzähle mir von Panthalassa, deinem früheren Selbst, denn nach Polynesien zieht es mich. Zeig mir deine Xenolithen von Tuamoto bis Melanesien, von Fidschi bis Neukaledonien, und dann endlich die Terra Australis, denn ein neues Zeitalter der Entdeckungen ist angebrochen!

Und plötzlich merkte ich, dass der Abgrund des Pazifik mich schon bis an den Hals verschlungen hatte, eine dunkle Welle brach sich über mir und ich wurde hin und her geworfen wie ein Stück Treibholz, schrammte über den Grund und tauchte wieder auf.

Ernüchtert schwamm ich zurück an den Strand, schleppte mich erschöpft über den Sand, legte mich auf den Rücken und blickte staunend hinauf in die Sterne, wartete auf den Anbruch des Tages, auf dass die Sonne mir die Eingeweide trocknete.

#

Am Tag darauf ging es weiter nach Houston. Adieu, gesegnetes Kalifornien, Himmel auf Erden, Land des Überflusses! Ich weiß nicht, wann ich wiederkehre. Bis zum nächsten Mal, geheiligter Boden, von Engeln beschützt, tausend Küsse, alles Liebe. Nun geht es nach Arizona, Wüstenlandschaft, Trockenpflanzen, die Geister der Sobaipuri-Indianer rufen mich an, der Pima-Indianer, es ruft der Colorado River, der Grand Canyon, aber wir können nicht anhalten, wir müssen weiter. Dann das verzauberte Land, Nuevo Mexico, es rufen die Pueblo-Völker, Mesa Verde, meine Navajo-Brüder, meine Freunde von den Apachen, der heilige Franz von Assisi, Coronado sucht noch immer nach seinen sieben goldenen Städten. Eines Tages will ich im weißen Sand liegen, aber nicht heute. Wir müssen weiter.

Der Lone-Star-Staat ruft, wir müssen über die Berge, überqueren die Franklin Mountains, und bei Anbruch der Nacht fahren wir durch El Paso. Wir spielen unseren Gig in Houston, die Band und ich entfremden uns immer mehr, unsere Gedanken und Gefühle laufen nicht mehr parallel. Ich verändere mich schnell, verwandele mich. Die nächste Stufe erwartet mich. Geduldig wartet die Wiedergeburt, aber erst muss das ganze Ritual durchlaufen werden. Noch trinke ich keinen Met aus einem Menschenschädel, noch trage ich keine weißen Gewänder, aber bald. Ich bin den Mysterien näher, den Geheimnissen. Ich spüre es.

Nun ist unsere Karawane in New Orleans. Immer habe ich diese orphische Stadt in Zeiten innerer Veränderungen besucht. Hure und Heiliger bin ich gewesen, nun fällt es mir schwer, auf diesen Straßen zu wandeln, ich muss meine fleischlichen Gelüste im Zaum halten, was mir leichtfällt, denn ich bin pleite. Weiter will ich nicht gehen, möchte meinen Freunden herzlich Lebewohl sagen und zurück nach Texas reisen, zu meiner Familie. Ich brauche einen Neuanfang.

Dann geht es nach Hot Springs, Arkansas, mit seinen Thermen aus den Tiefen der Erde und seinen magischen

Quarzkristallen, die uns reine mystische Energie in die Seelen funken. Hier unterläuft mir ein Fehltritt und ich verfalle einer der Sängerinnen eines Frauenduos, das mit uns auftritt. Die, die mich in Bann schlägt, ist ein wilder Vamp aus Nashville, wieder so eine Junge, eine Cherokee, Choctaw, Mohawk, problembeladen und die absolut falsche Frau für mich. Ich verfolge jede ihrer Bewegungen aus Reihe zwei, sie starrt mir in die Augen, unverwandt. Ich starre zurück und ganze zwanzig Sekunden lang singt sie nur für mich. Das andere Mädchen des Duos scheint genauso sehr im Bann meiner Favoritin zu stehen wie ich. Nach dem Auftritt gehe ich zu den beiden hin, gratuliere ihnen und so weiter und frage sie, wie sie heißt.

»Priscilla«, sagt sie mit schwerem Südstaaten-Akzent. Wir reden lange, sitzen im Green Room auf dem Fußboden, sie spielt auf ihrem iPhone Songs von Waylon Jennings und wir singen mit. Sie wundert sich, dass ein Typ aus dem Iran Countrysongs kennt. Ich erkläre ihr, dass ich außerdem auch Texaner bin und Countrymusik liebe. »Die alte natürlich.«

Dann kommt ihre lesbische Bewunderin und Band-Kollegin, die auch noch die Managerin ist und die Gage abholen war, und nimmt sie mit, in die nächste Stadt auf ihrem Tourneeplan. Zusammen erinnern die beiden mich vor allem an Drusilla und Berenike, Herodes' böse Töchter, aber was soll's, ich bin nicht Paulus und das hier ist nicht das Hohe Gericht von Caesarea. Trotzdem habe ich das Gefühl, dass mich bald jemand der Volksverhetzung beschuldigen wird, und das zu Recht, denn ich säe die Saat der Rebellion. Ich frage Priscilla nicht einmal nach ihrer Telefonnummer, als sie fortgeschafft wird, und denke mir, wenn zwischen uns etwas sein soll, dann wird es sich zufällig ereignen, an einem heißen

Abend in Korinth, an einem Fluss, im Dunkeln, und vor dem Zelt zirpen die Grillen.

»Dein Sternbild ist bestimmt Fische«, sage ich einem anderen Mädchen, als Priscilla weg ist.

»Ja, stimmt, wow. Woher hast du das gewusst?«, sagte sie.

»Das wusste ich einfach. Erzähl noch mehr davon, wie du damals auf dem Biobauernhof gearbeitet hast, ja?«

Sie fing an zu erzählen – wie sie alle zusammen gearbeitet und unter dem Sternenhimmel miteinander gegessen hatten – und entführte mich augenblicklich in ferne verzauberte Landschaften und Entwürfe aus meinem Kopf. Am Anfang dieses Gesprächs hatte Kiarash neben mir gesessen, und wir waren beide still wie Mönche gewesen.

»Was macht ihr da? Pläne schmieden?«, hatte sie aus heiterem Himmel gesagt. Und das war genau das, was ich gerade tat, meinen nächsten Schritt planen. Ihre intuitive Frage, die ein gewisses Bewusstsein in sich trug, hatte mich ihr Sternzeichen richtig raten lassen. Ich konnte meine Probleme noch nicht korrekt diagrammatisch triangulieren, aber ich kam der Sache immer näher. Wie immer war ich mir noch nicht ganz der Tatsache bewusst, dass meine Erdentage gezählt waren und ich das Potenzial besaß, mich über diese Sphäre zu erheben. Mein Denkvermögen zitterte noch nicht im richtigen Rhythmus. Ich war kosmisch noch nicht richtig eingestellt.

Last night

Das ist jetzt der letzte Abend der Tournee, und wieder mal ein dilettantischer Versuch meinerseits, ein Mädchen ins Bett zu kriegen, aus nichtigen Gründen, und nichts wird daraus, und Gott sei dafür gedankt. Wieder eine Hebamme aus dem Mittleren Westen, aber diesmal läuft überhaupt nichts. Nach einer Weile wird klar, dass sie die Vibes, die von meiner Seele ausgehen, nicht abkann. Warum immer diese Hebammen auf Tournee? Das muss doch eine metaphysische Bedeutung haben. Eine Vorahnung der Wiedergeburt? Erweckung und Wiedergeburt sind keine rein christlich-evangelikale Vorstellung. Die Druiden und Eleusinier glaubten daran, wie auch die Anhänger des Mithraskultes und viele andere.

Auf dem Weg von Chicago nach New York pfeift unsere kleine Karavane auf dem letzten Loch. Veränderung steht an und im Handumdrehen sind wir wieder in Brooklyn. Alle Zeichen stehen auf Umbruch. Das ist okay, alles muss einmal vorübergehen und leben bedeutet lernen.

#

»Wir sollten heute Abend ausgehen, nur wir beide. Ich weiß schon, wohin. Wir finden was, bestimmt«, sagt Kiarash zu mir, bevor er morgens zur Arbeit geht. Er geht fast jeden Abend aus, während ich zu Hause bleibe und trinke und schreibe. Er glaubt, es würde mir guttun, mal um die Häuser zu ziehen. Ich bin nicht mehr in der Band. Hat einfach nicht funktioniert.

»Jetzt komm, *open bar,* einmal Eintritt zahlen, dann sind alle Getränke umsonst.«

»*Open bar* finde ich scheiße.«

»Komm einfach mit und rede mit ein paar Mädchen. Wir sind ein tolles Team, wir beide, schon vergessen? Los, wir müssen wieder auf die Piste. Dari ist im Cameo an der Tür,

Siamak ist im Ding Dong an der Bar und Matt legt im Electric Room auf. Wir kommen umsonst rein und holen uns ein paar Drinks für lau. Du kannst doch nicht immer nur zu Hause hocken!«

»Ich überleg's mir«, sage ich.

»Na gut. Bis später.«

Ich sitze in der Küche, zünde mir eine Zigarette an und wälze den Gedanken, mit ihm hinaus in die wilde Nacht zu ziehen. In die New Yorker Keimplasmanacht, die Eierstocknacht mit ihrem heftigen Gekreisch und Schwefelhauch, die weißglühende Phallusnacht, eine Nacht nach der anderen, eine einzige lange Nacht, die Nacht der Nächte. Ich mit meiner Kastenzither, Kiarash mit seiner Leier, gemeinsam schlittern wir durch die öligen Straßen, mit einem Glitzern in den Augen vom Mitternachtsschimmer, die Kaumägen platzen, Pinealdrüsen unter Überlast, wir schütteln uns den Staub von den alten Wildledertretern und steppen zum Beat der Straße, *down down down* in den Underground. In die Straßen, in denen der Verfall wuchert, vielleicht haben wir dort noch etwas übersehen. Rotationsschwindelgefühle, gemischt mit Vitalitätsüberfluss, Sexübersteuerung, Männlichkeitsüberholung. *Not a hair out of pace and joining the race with no rest, 'cause it's a test. I'm all in for the bet 'cause I'm the best!*

Meckern darf man erst, wenn Feierabend ist, und heute Nacht gibt es keinen Feierabend, du Hans, morgen auch nicht, in dieser Stadt nicht, hat's nie gegeben, wird's auch nie geben. Das ist hier nicht so wie im Rest von Amerika, Meister. Du bist dabei, sonst raus mit dir. Das hast du jetzt hier glatt mit der Hölle verwechselt, oder? Lach doch mal, hier muss man Zähne zeigen. *Hike up your skirt and let's see how good you squirt.* Piss mir die Lungen voll, ich bin die totale Drecksau, nicht gewusst? *Hang on to your girl lest you lose her to another pest.* Jeder ist ein armes Schwein. Und du glaubst, mit Schwarztragen kommst du hier noch durch? *Hear ye, hear ye, my ass in a chimney, go catch a pole in your hole.* Da hast du was zu kauen, du Gonzo. Du kannst mal auf den Tower of Power klettern oder den Kanalreiniger machen, alles in deinem besten Anzug. Mach dich locker und sag Aaaa, gib mir dein ganzes Geld, sonst hole ich es mir, wie du willst.

Ich bin schon so oft über die Planke ohne Ende gegangen und jetzt haben Mut und Kraft mich verlassen, zu viele Knarren schimmern in der Nacht und aus meinen enigmatischen Eingeweiden steigt Angstduft auf, schwarzer Rauch quillt aus meinen Ohren und erhebt sich bodenwärts durch das Pflaster, das sich teilt. Das kalte blaue Licht des Tages wird kommen und sich über meine durchgefrorenen Knochen ergießen, und dann werden die Winde mir Sand in die entzündeten Augen wehen. Das Feuer wird zu Asche werden, dann werde ich die Asche in die Augen bekommen und erblinden. Und in China wird ein Sack Reis umfallen. Mich wird eine Brünette blondieren und ich werde mit den Hüften wackeln vor einer Menge unersättlicher hyänenhafter Anzugträger, werde meinen mittigen Schwellkörper an ihren vergrößerten reiben, muss ihnen für einen feuchten Händedruck die Schwänze kraulen, meine nuttenhaften Kiemen atmen Metaphern und verschlingen Matadore.

Über den Meeresbuchten steigt der Luftdruck, aus dem Kill Van Kull birst die Lava, aus seinen Klüften steigt kosmischer Äther auf. Ich halte die Fackel, hebe sie hoch über den Kopf, um den Geisterschiffen den Weg durch die Bucht zu weisen. Ich zünde ein Streichholz an unter dem Feuerwerk für den Nationalfeiertag, um die zeitlich abgestimmte Agonie der Morgendämmerung in Gang zu setzen, und die motorisierten Sprudelwelpen, die an die Wolkenkratzer pissen, hören augenblicklich auf und merken, dass es niemanden gibt, der hinter ihnen aufputzt. Alle Schiffe und Schlepper in der ganzen Bucht lassen die Sirenen ertönen, ein dissonanter Chor, ohne jeden Grund. *There's no business like show business* und kein Fuck wie der Royal Fuck. Verschlinge mich mit allen Knorpeln. Du siehst hungrig aus und meinst es ernst, aber ich bin ein guter Samariter und Teamplayer. Streich mich kreischend pink an und paradiere mich die 5th Circle of Hell Avenue hinunter, heute Abend will ich kess sein! Schlag mich vor aller Ohren an wie die Harfe der Verdammnis, entjungfere meine weibliche Seite und jage die männliche in die Luft! Zerstoße mich zu interplanetarem Staub und nimm diesen Fluch von mir.

Nun erzittert das Zwielicht und naht ach so furchtsam. Am festgesetzten Straßenreinigungstag wird der Schmutz fortgespült, keine Minute früher. Bis dahin wird der Schmutz eben in der heißen Sonne braten müssen. Aus den Smogwolken werden Vögel herabstoßen und kleine Scheißekrümel aufpicken, und die Ratten werden in den indigoblauen Himmel springen und ihren Traum vom Fliegen träumen wie wir anderen auch. Die Unendlichkeit träumt von finaler Endlichkeit, unergründlich ergründlich und verdorben tugendsam. Schnell, bevor der Ausverkauf vorbei ist! New York City, Singles City, Fuck City, Suck City, mein Gott, hier kann man doch nicht einsam sein! Reise nach Jerusalem mit Dynamit auf dem letzten freien Stuhl, damit der Sieger auch

Verlierer sein kann. Wir leben schließlich in einer gerechten neuen Welt, und den Tapferen winkt das böse Ende genau wie allen anderen. Ich glaube, ich werde mich zu den Massen von Fotzen im Wiegeschritt gesellen und eingliedern in die Parade der Schwänze, warum denn nicht? Ich löse mich auf in der Menge, mal sehen, wo der Mob mich hinträgt. Mitten ins Sumpfland wollen wir ziehen und einander im Flachwasser abwechselnd ertränken, bis keiner mehr übrig ist, dann geht es heim. Aber jetzt, wo ich darüber nachdenke, bleibe ich heute Abend vielleicht lieber einfach zu Hause und organisiere mein Hirn um.

Dann flüstert eine innere Stimme mir zu: Warum wirfst du diese Alkoholiker-Denke, diese Junkie-Denke nicht raus und gehst zum echten Beat der Straße steppen. Dem, der dich lehrt, mit dem Guten auch das Böse anzunehmen, der dich die Dinge sehen lässt, wie sie sind. Mit unreiner Seele kannst du nicht klar denken. Auf den Straßen welcher Stadt du auch wandelst, denen des alten Alexandria, denen von Damaskus, Rom, San Francisco, du musst dich auf die Reihe kriegen.

#

Allison läuft nur im Badeanzug, mit einem offenen Hemd darüber, durch die Wohnung, die sie sich mit zwei Männern und einer Frau teilt, aber ich habe ihr jetzt nichts mehr zu sagen, denn sie ist nicht länger die Meine.

»Sei nicht so überempfindlich«, sagte sie, und: »Das war nur zur Erholung, er war nett zu mir.«

»Na, da bin ich aber froh, dass er nett war und nicht auch noch ein Arschloch«, sagte ich.

Ein anderer hatte sie berührt und geliebt, und es macht mich krank, aber was soll ich machen? Als sie sich auszieht, muss ich den Blick abwenden, aber ich erhasche trotzdem einen kurzen Blick. Nichts stimmt mehr, aber trotzdem ist alles so, wie es sein muss. Absurd, diese Wendung der Dinge.

An der Tankstelle stieg ich aus dem Bus, schleifte meinen Koffer aufs Klo, wusch mir das Gesicht, putzte mir die Zähne. Sie kam in ihrem neuen Auto, stieg mit feuchten Augen aus, und wir umarmten einander ganz fest. »Steig ein«, sagte sie, und im Auto schwiegen wir. Später landeten wir im Hotel, kein Sex, sie hatte ihre Tage, nur Geschiebe und Gezerre. Wir tobten über den Strand und sammelten Muscheln.

Ich sitze an der Greyhound-Haltestelle und warte auf den Bus zurück nach New York. Im Fernsehen wächst angeblich die Zahl der Demonstranten auf dem Platz in der Türkei, und eine Frau versucht, ohne Haikäfig hundert Meilen an der Atlantikküste nach Norden zuschwimmen. Nach dem Abschied an der Tankstelle hat Allison geweint. Ich habe mich nicht umgedreht und meine Tränen weggedrückt. Als Mann soll man nicht heulend in den Busbahnhof kommen, sonst wird man am Ende bei lebendigem Leib gefressen, von dem Mann zum Beispiel, der zu mir kam, sich meinen Koffer ansah und sagte: »Das ist mein Revier.« Er fing sich meinen »Ich bin aus New York«-Blick, dann ging ich weiter. Waldbrände in Colorado, der Rauch steigt in den Weltraum auf, Allison und ich können nichts dagegen tun. Jetzt Abfahrt aus Jacksonville, ich bitte die Stadt, mein Baby zu beschützen, rauf nach Savannah, dann nach Fayetteville. Adieu, Palmen.

»Du siehst ja selbst, dass sie jetzt viel gesünder aussieht. Das war die reine Selbstzerstörung, was sie da getrieben hat«, sagte ihre Mutter in ihrem langen fließenden Sommerkleid, während Allison ihre Nichte auf dem Arm hatte, sie herumwirbelte und zum Lachen brachte. Abends wurde Allison dann grummelig, und sie sagte Sachen wie: »An deiner Stelle würde ich mich lieber zurückhalten, diese Scheiße tu ich mir nicht mehr an, ob es von dir kommt oder von irgendwem anderen.« Wir fuhren nach St. Augustine und gingen in ein abgefahrenes Fischrestaurant.

»Wir sind hier im Süden, Schätzchen, wir tun überall Speck rein«, belehrte die gemütliche alte Kellnerin Allison.

»Ach, ich weiß. War bloß eine Frage«, antwortete Allison mit einem Lächeln. Also bestellten wir zu unserem Fisch die eingelegte Rote Beete und nicht die grünen Bohnen. Im Frühstückslokal heute Morgen ein Schild: »Ein Tag am Strand ist so viel wert wie ein Monat in der Stadt.« Und Allison sagte: »Aber hallo.« Der Bus kommt am Naturschutzgebiet Cumberland Island vorbei, und weißt du denn nicht, dass man bei Regen das Licht einschaltet? Danken wir dem alten Eisenhower, dass er dieses Autobahnnetz ermöglicht hat, wir überqueren den Crooked River, der ist wirklich *crooked,* schief und krumm, sieht aus wie der Mississippi auf dem Flugzeug. Allison steht auf gekochte Erdnüsse und isst sie gerne im Bett.

»Ich musste mein Leben wieder geregelt kriegen …«, sagte sie mit einem Glitzern in den blauen Augen. »Kommst du irgendwann und holst mich?« Ihre blauen Augen waren jetzt ein bisschen feucht.

Gleich kommt der Cathead Creek, alles voller Störche und Reiher. Was sind das für Leute im Bus? Arbeiter hübschen den Busbahnhof von Savannah für die strahlende

Zukunft auf, die Passagiere ziehen sich Chips und Süßigkeiten aus den Automaten. Es geht über eine Brücke, die Stadt wird schmutziger, Fabriken, Getreidesilos, links der Hafen von Savannah mit seinen riesigen Kränen, vor uns das weite Marschland. Die ganze Wohnung hatte nach ungewaschenem Hund gerochen, dem von ihrer Mitbewohnerin, Allisons Zimmer hatte nach Räucherstäbchen und Parfüm geduftet. Die Wände waren frisch gestrichen, sie hatte ihren Van-Gogh-Druck und noch ein paar hübsche Bilder aufgehängt. Eine alte Lampe, Typ französische Opiumhöhle, tauchte das kleine Zimmer in sinnliches Licht.

Bebende Kränkungen ziehen klangvoll ihre Kreise, greifen ein, ganz ohne Spaß, besingen meine abgeklärte Seite, führen mich mit unnachgiebiger Geduld an die Gestade der Distanz, bezirzen den Grund meines Herzens, meine versunkene vergangene Seele, dann schrecke ich im Bus aus dem nächsten wilden Traum auf.

Hinter mir reden zwei ältere Herren über ihren Dachdeckerbetrieb, und zu meiner Linken schnarcht ein einsamer Reisender. Der Bus rollt über den Highway, die Sonne geht unter und die Landschaft ist majestätisch und abschreckend zugleich. Ich bin ausgesiedelt worden, anschmeichelnd stahlgrau ist meine Aura. Ich analysiere die immergleichen beklemmenden Abstraktionen, verkleidet mit absoluten Glaubensbekenntnissen.

»Feuerwerk voraus« steht auf einer Werbetafel, »Vollautomatische Maschinengewehre« und »Pfirsiche aus Georgia« auf einer anderen. Neben einem Highschool-Football-Feld ein altes Herrenhaus. Am Straßenrand zwei Anhalter, ein alter Mann und eine alte Frau. Allison und ich waren durch das Antiquitätengeschäft gegenüber vom Fischrestaurant gegangen, wieder gesegnet mit nebelhaft goldigen Tagträumen von einer gemeinsamen Zukunft. Später fielen wir in einen herrlichen erquickenden Schlaf, Seit an Seite, in der dampfigen Nacht von Florida, und besuchten einander gegenseitig in unseren Träumen, während die Welt sich weiterdrehte. Sie war nicht länger die Meine, magische Visionen in den Vorgebirgen des karibischen Tieflandes hatten ihr den Geist versengt. Allison, die Nixe, das Inselkind, die heilende Seele, Erretterin der Kinder in Not, meine große Liebe, mein Ein und Alles. Nun will ich dich verlassen und erkennen, dass du mich schon verlassen hast. Von einem der Aphorismen des Pythagoras will ich dir künden: Hast du erst einmal deine Wohnstatt verlassen, kehre nicht um; die Furien werden sich deiner annehmen. Also kehre nicht um, schöne Frau, auf dass du nicht zur Salzsäule wirst, ich werde es auch nicht tun. Vorwärts, immer nur vorwärts, und werde glücklich.

#

»Ich begreife das gerade erst, weißt du, ich weiß, dir ist schon länger klar, dass alles so sein muss, wie es ist, mit dem ganzen Irrsinn und dem Technologiewahn, mit Tod, Kriegen und Finanzkrisen, alles zusammen, mit allen Fehlern und so weiter. Eigentlich können wir nichts weiter tun als dranbleiben und lernen, als Individuen und als Ganzes.« Ich war nicht hundertprozentig überzeugt, redete aber, als wäre ich es, als ich da so in meinen schwarzen Jeans dasaß, noch immer ungewaschen nach dem Bustrip nach Florida und retour, in einem weißen T-Shirt, das vor mir Allison getragen hatte und das noch nach ihrem süßlichen Parfüm duftete, dazu einer jeansblauen Weste, Lagerware aus den 50ern, die ich im Laden eines ihrer Freunde am St. Johns River gekauft hatte, mit einem Shawnee-Perlenhalsband und braunen Stiefeln, und unrasiert und mit einer Zigarette im Mund mit Manuchehr redete. Die anderen Kids waren auf irgendeiner Party.

»Ich versteh schon«, setzte Manuchehr auf seine leise respektvolle Art an und zog im Schneidersitz an seiner Selbstgedrehten. »Das habe ich im Iran gelernt. Immer wenn wir Druck gemacht haben, um rauszukommen, ging irgendwie gar nichts. Erst als wir endlich losgelassen und uns der Strömung anvertraut haben …« Diese Jungs haben wirklich viel erreicht, dachte ich. Die wundersamen Geschichten, die sie von ihren Reisen durch den Iran, durch Indien und die Türkei erzählen können, sind zahlreich. Nun waren sie in Amerika angekommen und vertrauten sich auch hier der Strömung an.

Außerdem wollte ich ihm noch sagen, dass es mit demselben Recht Menschen wie mich geben muss, die alles infrage stellen, und ich wisse zwar, dass sich all meine Probleme und meine Unstetigkeit auf Sucht und Geldnot zurückführen lassen, auf Krieg und Immigration oder darauf, dass ich nicht nach dem Beat der Zeit tanze, aber scheiß drauf, ich brenne vor Sehnsucht wie all die anderen vor uns. Ist denn alles aus und vorbei? Haben wir uns weiterentwickelt oder waren »wir« schon immer drüber weg? Ich muss bleiben, was ich bin. Ich weiß, dass ich nicht zum ersten Mal hier bin und Dinge auf Papyrus, Pergament und in Wachs niedergeschrieben habe. Auf Holz und Tafeln aus Ton und Stein. Ich weiß, dass ich in den zerstörten Bibliotheken von Bagdad und Alexandria geforscht habe, dass ich die müden Wanderer in den versunkenen Zufluchtsorten der Zeit befragt und hundert Lebensspannen unter der Anleitung großer Meister studiert habe. Warum kann ich mich nur an kein einziges Wort davon erinnern? Ach, ich bin ein moderner Mensch, ein dummer Mensch, müde und verschlafen, weil ich darauf angewiesen bin, mir in sinnleeren Städten sinnleere Arbeit zu suchen. He, mach dich mal locker, Meister! Ist Mietezahlen etwa sinnlos? Kann schon sein, aber du solltest lieber zahlen, sonst sitzt du einsam auf der schmutzigen bösen Menschheitsstraße, wo du allen egal bist, in kaltem finsterem Höllenwetter trampeln sie auf dir herum, dann geht es um Leben oder Tod. Nimm jede sinnleere Arbeit an, die du kriegen kannst, und danke dem Morgenstern dafür. Bettele um Arbeit, du Idiot. Sie schießen Reiche ins Weltall, pflanzen Menschen Computerchips ins Gehirn, produzieren künstliche Gliedmaßen, und du erzählst einen vom Pferd und vom Staub der Antike. Du musst aufstehen und zum Beat der Straße marschieren, bevor sie dich für überflüssig halten, bevor sie einen Knopf drücken und dich verschwinden lassen.

Schau in deine ungestalte Seele und versuche, die grellen Dämmerungsstrahlen zu gleichlaufenden Strängen zu ordnen. Nimm die Federwolken deiner zarten weißen Gedankenfäden, auf dass sie sich zu einer nackten Einzigartigkeit ballen. Nimm deine vergängliche Natur und forme sie zu etwas Handhabbarem. Finde den Nullmeridian deines Geistes. Denk an die vielen Male unterwegs im Bus oder Auto, als du das Gesicht an die Scheibe gedrückt und ins Licht der Tierkreise hinaufgeblickt hast; als du dich gefragt hast, ob es Neptun ist, den du dort oben siehst, und deine eigene Theorie dynamischer Erdenzeit entwickelt hast. Weißt du noch, wie sich alle Gedanken aus deinem Geist erhoben haben, um für eine Weile um die galaktische Korona zu kreisen? Weißt du noch, wie du Venus angefleht hast, näher zu kommen und ihren Schleier abzulegen? Der Lagunennebel hat dich früher zu sich gerufen. Wasserschlange, Rabe, Antlia, Azimech und die Sternzeichen des Wassers haben dir erklärt, dass die lineare Zeit teilbar sei. Du bist irdisch und trägst das Göttliche in dir wie alle anderen auch. Also fürchte dich nicht, vergib dir selbst und bleibe verrückt. Das Licht wartet nicht am Ende des Tunnels, es ist immer und überall.

MIX
Papier aus verantwortungsvollen Quellen
FSC® C083411

Die Originalausgabe erschien 2015 unter dem
Titel *Golden Years* bei Faber Publishing Ltd, London

Umschlaggestaltung: ZERO Werbeagentur, München
Typografie: Birgit Thiel, Berlin
Gesetzt aus der Centennial von Fagott, Ffm
Druck und Bindung: CPI books GmbH, Leck
Printed in Germany
ISBN 978-3-8270-1266-1

www.berlinverlag.de